ANDRÉ MALRAUX

LE TEMPS
DU MÉPRIS

GALLIMARD

55e édition

Il a été tiré de cette édition : huit exemplaires
papier de Chine, dont cinq exemplaires numérotés
I à V et trois hors commerce marqués de A à C;
exemplaires sur Japon impérial, dont dix exempla
numérotés de VI à XV et un exemplaire hors comm
marqué D; trente et un exemplaires sur Hollande
Gelder, dont trente exemplaires numérotés de XV
XLV et un exemplaire hors commerce marqué E; d
cent quatre-vingt-dix-sept exemplaires sur velin pur
Lafuma Navarre, soit : dix-sept exemplaires d'au
marqués de a à q, cent cinquante exemplaires numér
de 1 à 150; trente exemplaires hors commerce numér
de 151 à 180, et cent exemplaires spécialement t
pour la Sélection Strasbourgeoise de la Librairie de
Mésange et numérotés de 401 à 500; et deux cent
quante exemplaires sur alfa Navarre dont deux ce
exemplaires numérotés de 181 à 380, et cinqua
exemplaires hors commerce numérotés de 501 à
ces tirages constituant authentiquement l'édition
originale.

Il a été tiré en décembre mil neuf cent quarante-qu
mille cinquante exemplaires sur héliona des Papete
Navarre, dont : mille exemplaires numérotés de 1 à 1
et cinquante exemplaires hors commerce numérotés
I à L. Ces exemplaires portent la mention EXEMPLA
SUR HÉLIONA *et sont reliés d'après la maquette*
Paul Bonet.

PRÉFACE

Les articles consacrés à cette nouvelle, lors de sa publication en revue, me font souhaiter indiquer ici, très rapidement, quelques idées que je me réserve de développer ailleurs.

Que ceux qui croient ma documentation trop rapide se rapportent aux règlements officiels des camps de concentration. Je ne définis pas le parti national-socialiste allemand par les camps; ce que nous savons des bagnes français n'est pas très encourageant; mais c'est des camps de concentration qu'il s'agit ici.

Le monde d'une œuvre comme celle-ci, le monde de la tragédie, est toujours le monde antique ; l'homme, la foule, les éléments, la femme, le destin. Il se réduit à deux personnages, le héros et son sens de la vie ; les antagonismes individuels, qui permettent au roman sa complexité, n'y figurent pas. Si j'avais dû donner à des nazis l'importance que je donne à Kassner, je l'aurais fait évidemment en fonction de leur passion réelle, le nationalisme.

L'exemple illustre de Flaubert prête plus que tout autre à confusion : Flaubert (pour qui la valeur de l'art était la plus haute, et qui, en fait, mettait l'artiste au-dessus du saint et du héros) ne créant que des personnages étrangers à sa passion, pouvait aller jusqu'à écrire : « Je les rou-

lerai tous dans la même boue, — étant juste. » Une telle pensée eût été inconcevable pour Eschyle comme pour Corneille, pour Hugo comme pour Chateaubriand, et même pour Dostoïewski. Elle eût été — elle est — acceptée par maints auteurs qu'il serait vain de leur opposer : il s'agit ici de deux notions essentielles de l'art. Nietzsche tenait Wagner pour histrion dans la mesure où celui-ci mettait son génie au service de ses personnages. Mais on peut aimer que le sens du mot art soit tenter de donner conscience à des hommes de la grandeur qu'ils ignorent en eux.

Ce n'est pas la passion qui détruit l'œuvre d'art, c'est la volonté de prouver ; la valeur d'une œuvre n'est fonction ni de la passion ni du détachement qui l'animent, mais de l'accord entre ce qu'elle exprime et les moyens qu'elle emploie. Pourtant, si cette valeur, — et la raison d'être de l'œuvre, et sa durée tout au moins provisoire, — sont dans sa qualité, son action, que l'auteur le veuille ou non, s'exerce par un déplacement des valeurs de la sensibilité; et sans doute l'œuvre ne naîtrait-elle pas sans une sourde nécessité de déplacer ces valeurs. Or, l'histoire de la sensibilité artistique en France depuis cinquante ans pourrait être appelée l'agonie de la fraternité virile. Son ennemi réel est un individualisme informulé, épars à travers le XIXᵉ siècle, et né bien moins de la volonté de créer l'homme complet, que du fanatisme de la différence. Inrividualisme d'artistes, préoccupé surtout de sauvegarder le « monde intérieur », et fondé seulement

lorsqu'il s'applique au domaine du senti-
ment ou du rêve ; car, concrètement, « les
grands fauves de la Renaissance » furent
toujours contraints pour agir de se transformer en ânes porteurs de reliques et la
figure de César Borgia perd son éclat si
l'on songe que le plus clair de son efficacité venait du prestige de l'Eglise. Le
mépris des hommes est fréquent chez les
politiques, mais confidentiel. Ce n'est pas
seulement à l'époque de Stendhal que la
société réelle contraint l'individualiste pur
à l'hypocrisie dès qu'il veut agir.

L'individu s'oppose à la collectivité,
mais il s'en nourrit. Et l'important est bien
moins de savoir à quoi il s'oppose que ce
dont il se nourrit. Comme le génie, l'individu vaut par ce qu'il renferme. Pour nous
en tenir au passé, la personne chrétienne

existait autant que l'individu moderne, et une âme vaut bien une différence. Toute vie psychologique est un échange, et le problème fondamental de la personne concrète, c'est de savoir de quoi elle entend se nourrir.

Aux yeux de Kassner comme de nombre d'intellectuels communistes, le communisme restitue à l'individu sa fertilité. Romain de l'Empire, chrétien, soldat de l'armée du Rhin, ouvrier soviétique, l'homme est lié à la collectivité qui l'entoure; Alexandrin, écrivain du XVIII° siècle, il en est séparé. S'il l'est sans être lié à celle qui la suivra, son expression essentielle ne peut être héroïque. Il est d'autres attitudes humaines...

Il est difficile d'être un homme. Mais pas plus de le devenir en approfondissant

sa communion qu'en cultivant sa différence, — et la première nourrit avec
autant de force au moins que la seconde ce
par quoi l'homme est homme, ce par quoi
il se dépasse, crée, invente ou se conçoit.

I

Au moment où Kassner fut poussé dans la salle de garde, un prisonnier interrogé achevait une phrase qui se perdit dans le bruit policier de papiers et de bottes. De l'autre côté de la table, le fonctionnaire hitlérien : mêmes mâchoires, même visage en trapèze, mêmes cheveux presque tondus au-dessus des oreilles, avec, sur le crâne, des petites mèches blondes, courtes et raides.

— ... instructions du parti.

— Depuis quand?

— 1924.

— Quelles fonctions avez-vous occupées dans le parti communiste illégal?

— Je ne connais pas le parti illégal. Jusqu'à janvier 1933, mes fonctions dans le parti allemand étaient d'ordre technique.

Le communiste bougea et tourna presque le dos à Kassner. Les voix entendues, les visages ne se ressemblaient plus. Celle de l'interrogé était assez basse, anonyme, comme s'il eût marqué par son timbre même que ce n'était pas *lui* qui répondait, mais un personnage irresponsable et contraint. La voix de l'interrogateur était distraite, plus jeune que son profil très jeune pourtant. Kassner attendait que se révélât peu à peu, voix et paroles, cet adolescent dont il allait dépendre.

Celui-ci regardait le prisonnier, qui ne regardait rien.

— Vous êtes allé en Russie.

— Comme technicien : j'étais attaché à l'Electrozavod.

— On verra ça. Quelle était votre fonction dans la république allemande de la Volga?

— Jamais vu cette république. Ni la Volga.

— A quelle cellule apparteniez-vous à Berlin?

— Ex-1015.

— On verra ça. Sous la direction de?

Le communiste, maintenant, tournait tout à fait le dos, et Kassner attendait sa voix :

— Hans.

— J'allais le dire. Je te demande son nom de famille! Est-ce que tu te fous de moi, espèce de trou du cul?

— Nous ne connaissons nos camarades que par leurs prénoms, sans exception.

— Son adresse?

— Je ne l'ai jamais vu hors de la cellule.

— Bon. Moi je vais te faire mettre dans une des nôtres : tu vas voir comme ça va te rafraîchir la mémoire. Depuis combien de temps étais-tu à Moabit?

— Six mois.

— Cent quatre-vingts jours depuis ton arrestation...?

Kassner prit enfin conscience de la sienne. Les S. A. l'avaient emmené d'abord dans l'autobus (plus clos, avec ses voyageurs nazis, qu'un fourgon cellulaire). L'une des affaires dont il était censé s'occuper, une petite usine d'hélices à pas variable, justifiait qu'il disposât à l'occasion d'un avion; l'avion dormait, là-bas, dans son hangar, et durant tout le voyage, Kassner n'avait pensé qu'à lui. A un coin de rues des peintres chantaient

en repeignant la devanture d'un marchand
de couleurs, aussi bariolée que la Place
Rouge... Jusque-là, tout cela lui avait paru
irréel, moins à la façon d'un rêve qu'à
celle d'un rite.

— Cent quatre-vingts... reprit l'interrogateur. Tiens, tiens... Dis donc, pendant
ce temps-là, qui est-ce qui couche avec ta
femme?

Le prisonnier, que l'autre n'avait pas
quitté du regard, accusait-il le coup? Kassner le sentait durement présent, à la fois
englué là de toute sa servitude, et absent
de toute sa force. Le ton de l'interrogateur avait cessé d'être agressif.

— Qui est-ce qui couche avec ta
femme? répéta-t-il.

Kassner se sentait à la place du communiste, à la fois spectateur et acteur douloureux, et perdait sa lucidité.

— Je ne suis pas marié, répondit le prisonnier, qui se montra de profil à nouveau.

Encore un silence.

— Ça n'empêche pas d'avoir une femme..., dit enfin le nazi de la même voix indifférente.

Les deux hommes se regardaient maintenant avec un dégoût usé.

Le fonctionnaire fit un signe du menton : deux S.A. emmenèrent le prisonnier, puis poussèrent Kassner vers la table. Le nazi le regarda, ouvrit un dossier et y prit une photo.

Comme tous ceux qui ont parfois lieu de cacher leur identité, Kassner connaissait bien son long visage de cheval aux mâchoires serrées. Quelle photo l'hitlérien examinait-il ? Kassner la voyait à l'envers. Pas très dangereuse : il était alors tondu, et l'expression de cet étroit masque tout en os, aux oreilles pointues, était passablement différente de celle que montrait aujourd'hui, sous ses cheveux châtains presque longs, sa tête de pur-sang ravagé, vaguement romantique. La photo avait été prise lèvres serrées; il savait que dès qu'il souriait ses longues dents apparaissaient jusqu'aux gencives. Mordre sa lèvre inférieure découvrait de même ses dents. Il le fit — à peine, car il souffrait d'une molaire, — et abaissa son regard sur la table: ses yeux très grands regardaient d'ordinaire un peu au-dessus de leur hauteur, et il suffit qu'il semblât les baisser pour supprimer une ligne blanche entre l'iris et la paupière inférieure.

Le nazi fixait alternativement les yeux sur la photo et sur le visage, sans rien dire. Kassner savait que s'il était reconnu il serait tué, avec ou sans condamnation.

— Kassner, dit le nazi.

Toutes les têtes de scribouillards ou de S. A. se levèrent.

C'était la première fois que Kassner rencontrait sa légende sur des visages d'ennemis.

— Je suis connu à ma légation. Le conspirateur le plus idiot ne demande pas de feu aux gendarmes pour entrer sous leurs yeux dans une souricière. »

Il était avec plusieurs camarades dans un petit magasin d'antiquaire tenu par l'un d'eux, une demi-heure avant un rendez-vous chez un dentiste, lorsqu'un des membres de l'organisation illégale était entré, avait accroché son pardessus au-dessus d'un amoncellement de dalmatiques, d'icones, de chasubles, d'ornements orthodoxes, et dit en s'asseyant : « Il y a une souricière chez Wolf. On va perquisitionner. » Wolf s'était levé. — « J'ai une liste de noms dans le boîtier de ma montre... » Il leur était recommandé de ne jamais conserver de noms chez eux.

« — Toi, tu seras arrêté à l'entrée. Où
est la montre? — Dans l'armoire, dans
la poche du gilet noir. Mais c'est... — Pas
d'histoires : la liste ! Passe les clefs. »
Kassner en arrivant avait rencontré deux
S.A. dans le couloir : ce n'était même
plus la souricière. Il s'arrêta devant eux,
tenta d'allumer, avec un briquet vide, la
cigarette qu'il tenait entre ses lèvres, demanda du feu aux S.A., monta. En son-
nant, il s'appuya contre la porte pour cacher sa main qui enfonçait la clef, entra,
referma la porte, ouvrit l'armoire, prit la
montre, mangea la liste, remit la montre
en place et referma l'armoire. Nul pas
dans l'escalier. Il allait être arrêté en des-
cendant. Rien dans cette chambre où jeter
la clef de la porte, et ouvrir la fenêtre eût
été absurde. Il la glissa dans la poche d'un
des pantalons pendus dans l'armoire :
Wolf pouvait posséder plusieurs clefs.

Il fallait attendre cinq minutes, comme s'il fût venu rendre visite à Wolf et ne l'eût pas trouvé. Le goût du papier qu'il mâchait, non sans douleur (névralgie ou carie? Si encore c'était arrivé après le dentiste!) lui rappelait l'odeur de carton des masques du carnaval. En mettant tout au mieux, il aurait du mal à se tirer de là : les faux papiers valent ce qu'ils valent... Et il n'envisageait pas avec optimisme les prisons nazies. Qui connaît les limites de sa résistance? Combien de fois lui avait-on dit que le prisonnier finit par user pour une ration supplémentaire l'énergie nécessaire à l'organisation illégale d'un quartier? Il jeta sa cigarette : ajouté au goût du papier mâché, celui du tabac lui donnait la nausée. Il était enfin sorti et avait été arrêté au palier.

— Vous trouverez à mon usine une

correspondance de plus de quinze lettres entre M. Wolf et nous, voyez-vous bien, dit Kassner. Toutes les fournitures ont été livrées.

L'organisation illégale avait pris ses précautions.

L'accent de Pilsen n'était pas mauvais, mais le vrai Kassner était münichois. Kassner avait pris l'habitude, lorsqu'il militait, d'employer souvent, sans y prêter attention « voyez-vous bien »; la cordialité de l'expression, adressée aux nazis, lui était odieuse; il y prenait garde, — en vain, — et parlait lentement. Interrogateur et interrogé savaient combien il est difficile de prouver le mensonge d'une fausse identité minutieusement établie. Le nazi feuilletait le dossier, levait les yeux, feuilletait encore.

Photo, pensait Kassner, signalement. Et toutes ces feuilles? Le S. A. avait confirmé que Kassner lui avait demandé du feu. Mais comment était-il entré? On n'avait pas retrouvé la clef sur lui, soit, et on l'avait entendu sonner; mais croire que la porte n'était pas fermée...

Quelle figure pouvait prendre sa vie sur ces bouts de papier? Fils de mineur; boursier de l'Université, organisateur de l'un des théâtres prolétariens; prisonnier des Russes, passé aux partisans puis à l'armée rouge; délégué en Chine et en Mongolie; écrivain, rentré en Allemagne en 1932 pour préparer les grèves de la Rühr contre le décret Papen, organisateur du service illégal d'information, ancien vice-président du Secours Rouge... De quoi le faire tuer, évidemment, mais très conciliable avec un nez en l'air.

— Il n'est pas plus difficile d'aller à la légation avec de faux papiers que dans la rue, dit le nazi.

Mais Kassner le sentait hésiter. Et tous, autour de lui, hésitaient : les hommes veulent qu'une vie romanesque s'exprime par un visage de théâtre. Il semblait que Kassner, chroniqueur de la guerre civile sibérienne, fort d'un pittoresque plastique intense développé par ses rapports avec la scène, et d'un âpre don de l'émotion virile, dût traîner avec lui les drames qu'il avait vécus et décrits, et sa vie se confondait dans la mémoire avec l'épopée haillonneuse de la Sibérie. De plus, on connaissait sa présence en Allemagne depuis le triomphe d'Hitler, et tous ceux de la défaite aimaient en lui, à la fois, le compagnon (sa fonction était importante, mais non capitale), et le chroniqueur futur de leurs jours accablés. Pour ses ennemis mêmes, il participait de ce qu'il avait vu, comme le voyageur du pays qu'il a traversé, comme le passant de la catastrophe à laquelle il vient d'échapper. Tous attendaient un visage qui portât des marques de Sibérie ; sans doute avaient-ils retrouvé ces marques sur les photos naguère publiées par les journaux, où ils les ajoutaient aisément. Un visage vivant se prêtait moins bien à de telles modifications. Presque tous ceux qui hésitaient étaient prêts à juger burlesque qu'on eût pris ce type pour Kassner. L'interrogateur quitta la pièce, revint, referma son dossier, fit le même signe du menton qu'à la fin de l'interrogatoire précédent. Deux S.A. poussèrent Kassner vers la porte, puis de bourrade en bourrade (pas au delà pourtant de la conventionnelle brutalité militaire), vers la prison.

S'ils avaient décidé de m'assommer tout de suite, pensait Kassner, ils m'auraient conduit au corps de garde.

Mais non : des corridors, des corridors.

On l'incarcéra enfin dans un assez grand trou sombre.

Après un quart d'heure, l'obscurité peu à peu se résorba dans les murs, dont la peinture grise commençait à apparaître. Kassner tournait dans la cellule, actif à vide, réfléchissant sans savoir à quoi; il en prit conscience, s'arrêta. Le mur était plus sale du côté de la porte, et vers le sol. A cause de ceux qui, comme lui, avaient marché là? Mais il n'y avait pas de poussière. La cellule était d'une propreté allemande; hygiénique... L'humidité? Déjà il s'apercevait que ses questions étaient mécaniques : tandis que son esprit tournait comme son corps idiot (je dois de plus en plus avoir l'air d'un cheval), son regard s'était arrêté, son œil avait compris avant son cerveau : le mur, à sa base, était couvert d'inscriptions.

Sa pensée empoignait tout ce qui passait à sa portée, pour échapper à sa dépendance. A quoi penser ? Reconnu, il ne s'agissait que de savoir si on viendrait bientôt pour l'assommer, le torturer, ou le rouer de coups seulement; autant penser aux inscriptions.

Beaucoup étaient en partie effacées. Certaines, chiffrées. (Si je dois rester ici, je chercherai le chiffre.) D'autres, nettes. Il reprit sa marche autour de la cellule, très lentement, isola du regard les plus visibles et lut tandis qu'il s'approchait : *Je ne veux...* La suite, effacée. Une autre : *Mourir dans la rue aurait quand même été moins moche que mourir ici.* A plusieurs reprises depuis qu'il était prisonnier, Kassner s'était dit que, la majorité ouvrière qu'ils ne possédaient pas, ils eussent pu la conquérir par la bataille même ; mais il savait tout ce qu'il y avait en lui de romantisme, et s'en défiait à l'extrême. « On ne peut vaincre avec la seule avant-garde », disait un texte obsédant de Lenine. Dès son retour en Allemagne, Kassner avait senti qu'il était impossible de créer l'unité ouvrière sans agir dans les syndicats réformistes et catholiques, que le travail à l'intérieur des syndicats et des usines était trop faible pour qu'ils fussent entraînés au combat : les ouvriers révolutionnaires renvoyés les premiers, passés à l'artisanat, un dixième à peine du parti militait dans les grandes usines. L'année précédente, il y avait eu moins de grèves en Allemagne qu'en France, qu'en Angleterre, qu'aux Etats-Unis... Kassner avait travaillé à l'organisation des syndicats rouges : plus de trois cent mille membres à la fin de l'année. C'était pourtant trop peu.

3

Maintenant, le pouvoir passé à Hitler, il s'agissait d'organiser l'union de toutes les forces révolutionnaires à l'intérieur des usines mêmes et d'unir ces forces en une direction attachée aux événements quotidiens transmis le plus vite possible, et liée efficacement aux initiatives des organisations de base. Kassner travaillait donc depuis janvier au service d'information; c'était l'un des plus dangereux, et les inscriptions les plus lisibles — les plus récentes — avaient sans doute été presque toutes tracées par ses membres. Il s'approcha d'une autre : *Mes cheveux sont encore noirs;* et, comme si le choix de cette inscription fût né de quelque force, en lui, plus aiguë, plus sûre que son œil, des pas devinrent distincts. Nombreux?

Les sons s'emmêlaient : trois, quatre; cinq au moins, peut-être six.

Six S. A. ne pouvaient venir ici — ensemble — à cette heure, que pour frapper.

La porte d'un cachot éloigné s'ouvrit, se referma sur le brouhaha des bottes enfoncé soudain dans la laine du silence.

La vraie menace n'était ni la douleur, ni l'assassinat, c'était l'ingéniosité sadique de ceux sur qui venait de se refermer la porte. Dans tous les pays, ceux qui choisissent ce métier sont d'ordinaire ce qu'il y a de plus ignoble.

Au fond de l'humiliation, comme au fond de la douleur, le bourreau a bien des chances d'être plus fort que la victime. « S'ils me torturaient pour me faire donner des renseignements que je ne possède pas, je n'y pourrais rien. Supposons donc que je ne les possède pas. » Son courage, en cet instant, s'employait à le séparer de lui-même, à séparer celui qui dans quelques minutes serait au pouvoir de ces sons de bottes menaçants, de Kassner qu'il redeviendrait ensuite.

La force de la prison était telle que les gardes mêmes y parlaient presque bas. Un cri emplit d'un coup sa cellule, long jusqu'à la limite du souffle, étouffé enfin dans la suffocation.

Il fallait fuir dans une passivité totale, dans l'irresponsabilité du sommeil et de la folie; et cependant garder l'affût d'une pensée assez lucide pour se défendre, pour ne pas se laisser détruire là irrémédiablement. S'arracher à soi-même pour ne livrer de soi que ce qui n'était pas l'essentiel.

Le cri reprit. Plus aigu. Kassner enfonça ses index dans ses oreilles. En vain: sa pensée avait aussitôt saisi le rythme de la douleur qui hurlait, et attendait le cri à l'instant même où il revenait. Il avait

fait la guerre, mais jamais il n'avait entendu un homme torturé hurler dans un
lieu clos. Les blessés de la guerre gémis-
saient, et leurs cris n'avaient rien de com-
mun avec celui-ci, terrifiant surtout par
ce qu'il avait de mystérieux. De quelle
façon faisait-on souffrir cet homme qui
hurlait, comment souffrirait-il bientôt lui-
même? La torture à l'air libre lui parut
soudain une faveur.

La porte se referma, les pas vinrent
vers sa cellule.

Il prit conscience qu'il était collé au
mur de son terrier, la tête dans les épaules.
Il était résolu, mais ses genoux ne
l'étaient pas. Il quitta le mur, exaspéré
par ses jambes molles.

Une seconde porte se referma sur les
pas, comme si elle les eût capturés au
passage. Silence sur une fourmilière de
petits bruits.

Il revint vers la porte : *Stahl tué le...* L'inscription était inachevée, cette fois, pas effacée; le mur suait des destinées.

Il se souvint de la lettre d'une femme de prisonnier : « Comme ils l'ont battu! Je ne l'ai pas reconnu, Thérèse, je ne l'ai pas reconnu parmi les autres... »

Combien des siens viendraient ici après lui? Son crayon ne lui avait pas encore été enlevé. *Nous sommes avec toi,* écrivit-il.

En relevant la main, il lut une autre inscription : *Avant un mois, je tuerai Federwisch.* C'était naguère un des chefs du camp. Lequel était mort, de celui qui menaçait ou du menacé?

De même que son œil saisissait au passage les lignes des inscriptions, son oreille à l'affût attrapait le pas des gardes, et de vagues grattements dans les cellules voi-

sines, et le bruit soudain, à la fois étouffé
par les couloirs et clarifié par l'éloignement, d'une engueulade dans une cour...
Toujours pas de cri. Il commençait à vivre
d'une vie toute en sons et en bruits hos-
tiles, d'une vie d'aveugle menacé.

Il savait combien il est difficile de ne
pas répondre aux coups. Il n'ignorait pas
sa force, l'abandon viril qui lui permettait
souvent de trouver en l'homme cette
région engourdie du cœur où il n'a
pas oublié ses morts ; mais il n'avait
aucune envie de parler aux nazis. D'ailleurs, les hitlériens désintéressés n'avaient
pas choisi d'être gardes-chiourme ; Kassner savait de reste que, si tout homme peut
tuer dans le combat, il faut pour frapper
un prisonnier une abjecte grâce d'Etat. Il
devait seulement parvenir à se taire. Il
n'avait pas à répondre à des coups par des
mots historiques, il avait à s'évader pour

reprendre son travail révolutionnaire. Et
peut-être allait-il être assommé ; mais à
Hagen, dans une usine de sept cent cinquante ouvriers, il avait été impossible
malgré la terreur de faire dénoncer un seul
d'entre ceux qui avaient distribué les
tracts.

« Tu vas voir comme ça va changer la
nature de tes souvenirs... »

Il restait debout au milieu du cachot,
les coudes serrés contre le corps, atten-
dant toujours un nouveau cri. Rien. Pourtant, comme la cellule où venaient d'entrer
les S.A. était plus proche que la précédente, il lui semblait entendre des coups
assourdis... Enfin, alors qu'il était toujours
aux aguets d'un cri, vint un jappement
sourd, plus distinct entre les deux sons
métalliques de l'ouverture et de la ferme-
ture d'une porte.

Les pas, très proches cette fois. Kassner

avança jusqu'à la porte de sa cellule, qui s'ouvrit au moment où il l'atteignait.

Quatre S.A. entrèrent, deux restèrent dans le couloir. Tous, bras en cerceau, tête en avant — éclairés seulement par une lampe-tempête que l'un d'eux avait posée sur le sol.

Sans visage et sans corps, ils avaient été incomparablement plus tragiques que n'étaient ces types pris par la comédie de la force, les bras écartés des épaules comme Hercule et les chimpanzés. Son angoisse disparut. Elle avait été l'angoisse primitive, celle de la souffrance liée à l'inconnu; et peut-être avait-il attendu surtout le sadique, l'ivrogne, le fou, — l'inhumain. Ceux-là n'étaient pas ivres. Restait le sadisme. Mais depuis qu'ils étaient là, l'exaltation et la fermeté avaient remplacé l'angoisse.

Ils le regardaient. Et sans doute le

voyaient-ils très mal, comme il les voyait
lui-même, informes, menton et pommettes
seuls éclairés par dessous, et surmontés
de leurs ombres trapues qui sautaient au
plafond comme des araignées énormes.
Pour la seconde fois il se sentait forcé
dans un terrier, avec toute la pierre de la
prison agglomérée autour de son trou. La
lumière frappait aussi, par-dessous, ses
propres pommettes; douloureusement;
mais non, la douleur venait de ce qu'il
serrait les mâchoires de toute sa force. Il
s'aperçut, amèrement, que sa dent ne le
faisait plus souffrir. Il était résolu à ne
pas reculer d'un mètre.

Un coup de poing dans l'estomac le
plia en avant comme s'il se fût enfoncé
en lui; à l'instant même où son visage
s'abaissait, un autre coup au menton le
rabattit à toute volée : il reçut à la fois
dans les côtes le sol de ciment et les

bottes qui commencèrent à le marteler.
La faiblesse de la douleur l'étonna,
bien qu'elle fût à la limite de l'évanouissement; auprès de la torture, de tout ce à
quoi il avait pensé, être roué de coups
était dérisoire. Et, comme il avait roulé
sur le ventre, les parties molles de son
corps étaient protégées. Sous les coups,
son ventre lui semblait au centre d'une
cage protectrice de côtes et d'os sur quoi
s'acharnaient les bottes. Sous un coup à
la mâchoire il sentit qu'il crachait le sang,
et, à l'instant où il entendait : « Alors
quoi, tu craches ton drapeau? » un gros
trait rouge lui jaillit à la figure, crépitant
et fulgurant : un coup à la nuque. Il s'éva-
nouit enfin.

Il eut confusément conscience qu'on le
jetait à la volée dans une autre cellule en
criant : A bientôt.

Lorsque la porte de la cellule se referma, sa première sensation fut de confort. Cette porte qui l'écrasait le protégeait contre l'abjection et l'absurdité du dehors; et, en même temps, la solitude, l'exiguïté, et la fin de l'évanouissement, le ramenaient à cette intimité trouble qu'il avait connue dans l'enfance, lorsqu'il jouait au sauvage sous les tables. Il ne se sentait que délivré.

La nuit finirait-elle bientôt? Un garde ouvrit et referma un instant un judas dans la porte : à la lumière du couloir, Kassner vit dans le mur du fond de sa cellule une grille qui semblait protéger un trou d'aération étroit, profond comme ceux des machicoulis. Muré, ce trou ne reliait pas la cellule au monde, il vivait d'une vie autonome et suffocante; il rendait seul sensible l'écrasante épaisseur de la pierre. Kassner était dans un caveau, séparé du monde comme par le sommeil, par la folie; mais le trou faisait vivre d'une vie de carapace cette pierre épaisse, étouffante et criblée d'alvéoles où marchaient comme d'inlassables mille-pattes ceux des prisonniers qui pouvaient encore marcher.

Il chercha le mur, le frappa de l'index replié. Quelques coups espacés. Pas de réponse.

L'exaltation avait disparu avec le combat. L'euphorie qui avait engourdi Kassner lorsque la porte s'était refermée pourrissait en angoisse : elle s'en allait par lambeaux, de sa peau sensible, de ses vêtements devenus mous comme des vêtements de nuit; bretelles et lacets arrachés (ce n'était donc pas au suicide qu'il était destiné), boutons coupés, semblaient changer la matière de l'étoffe. Etait-ce par ce trou qu'il était écrasé, par la douleur qui peu à peu surmontait la fièvre, par la nuit?

Les condamnés incarcérés dans des cellules rondes, où rien ne fixe le regard, deviennent toujours fous.

Il frappa de nouveau.

Les deux fils de lumière à angle droit qui limitaient encore la porte s'éteignirent.

Sa force, devenue parasite, le rongeait opiniâtrement. Il était un animal d'action. et les ténèbres le désintoxiquaient de la volonté.

Il fallait attendre. C'était tout. Durer. Vivre en veilleuse, comme les paralysés, comme les agonisants, avec cette volonté opiniâtre et ensevelie, ainsi qu'un visage tout au fond des ténèbres.

Sinon, la folie.

II

Combien de jours?

A part les rondes, et parfois une raie de lumière entre la porte et le chambranle, la nuit absolue. Combien de jours seul avec la folie et son mol appel de crapaud?

On continuait à battre dans des cellules voisines.

Peut-être faisait-il jour dehors. Un vrai jour plein d'arbres et d'herbes, et de toits de zinc bleuâtres dans le matin des villes...

Bien que sa femme fût à Prague, depuis vingt minutes il était certain qu'elle était morte. Morte pendant qu'il était là, bouclé comme une bête domestique. Il voyait son visage faussement mulâtre serein comme le sont les visages des morts, ses lèvres trop fortes un peu serrées, ses cheveux ondulés abandonnés, ses paupières abaissées sur ses grands yeux bleu pâle de chat siamois, tout son masque libéré de la douleur et de la joie, — relevé de la vie... Même victorieux, il retrouverait en sortant un monde à jamais amputé, il porterait comme une cicatrice cette mort solitaire. Et cela seulement lui montrait la force de cette nuit sur lui qui le ligottait, la force de l'ennemi qui parvenait à le rejeter de la fatalité du monde, comme les fous et les morts.

Le pas du garde s'éloignait, sourdement répercuté dans le couloir, monotone comme tous les sons funèbres. « Si je fais dix fois le tour de la cellule avant le second garde — (ils se suivaient toujours à faible intervalle) — elle est quand même vivante. »

Il commença à tourner. Deux. Trois. Il se heurta au mur, qu'il croyait plus éloigné. Quatre. « Je ne dois pas aller si vite. Je dois aller toujours du même pas. » Il savait bien qu'il courait en boitant. Six. Le pas du garde. Sept. Huit. Il courait cette fois au plus court, tournant presque sur lui-même. Le garde passa.

Neuf.

Il se coucha par terre. Il était interdit d'être couché. « Si j'ai compté jusqu'à cent avant leur retour, elle est vivante. » Un, deux, trois... Silence. Les yeux fermés, et ces nombres qui se succédaient comme avant une exécution. Soixante, quatre-vingts, quatre-vingt-dix-huit, cent : « Vivante. »

Il vit les yeux d'Anna s'ouvrir, et ouvrit les siens : pendant qu'il comptait, il avait sans le savoir réuni ses pieds, croisé ses mains sur sa poitrine, en cadavre.

« Je deviens déjà fou », pensa-t-il.

Le pas des gardes; mais il décida de ne pas se relever : il voulait voir un homme. Son courage, comme tout courage, était beaucoup plus efficace contre le danger que contre l'angoisse. Il le savait depuis une nuit passée en Sibérie, dans un village que les blancs pouvaient cerner d'une heure à l'autre; l'angoisse avait commencé, mais quand il avait eu l'idée d'ouvrir les portes et les fenêtres de son isba, il s'était endormi.

Les gardes passèrent sans ouvrir le judas. « Ici, il est difficile de se tuer avant... Il faut absolument inventer quelque chose. Si on me torture, j'aurai peut-être la chance d'être assez fort pour me taire, mais si je deviens fou... Avoir sauvé

la liste pour avouer des choses dix fois
plus importantes! Et peut-être ne s'en
aperçoit-on pas... » Peut-être ce passage
à la folie était-il insensible, et était-ce un
instant de lucidité que celui où il se retrouvait dans sa cellule, cherchant la vie de sa
femme dans des nombres, couché dans la
position des morts.

Un garde revint dans le couloir en chan-
tonnant. La musique!

Il n'y avait rien autour de lui, rien
qu'un creux géométrique dans la pierre
énorme, et dans ce trou de la chair à sup-
plice; mais dans ce trou il y aurait les
chants russes, et Bach et Beethoven. Sa
mémoire en était pleine. La musique, avec
lenteur, repoussait la folie de sa poitrine,
de ses bras, de ses doigts, du cachot; elle
frôlait tous ses muscles, à l'exception de
sa gorge extraordinairement sensible (bien
qu'il ne chantât pas, se souvînt seule-

ment), sensible comme sa lèvre inférieure
ouverte. Contractés, relâchés, abandonnés, les sons imaginaires retrouvaient les
émotions de l'amour et de l'enfance, celles
qui mettent tout l'homme dans sa gorge:
cri, sanglot, panique; dans le silence
autour de Kassner comme l'attente de
l'orage, sur sa servitude et sa folie, sur sa
femme morte, sur son enfant mort, sur
ses amis morts, sur tout le peuple de l'angoisse, se levaient sourdement la joie et
la douleur des hommes.

Au fond de ses yeux fermés commencèrent à déferler d'inquiètes vagues
engourdies comme ses blessures sur quoi
s'établit peu à peu la solennité du large,
— puis, comme si au passage d'une main
se fût inclinée même la longue forêt
sonore, le chant se coucha et se releva
d'un coup, tirant sur toutes ses plaies, le
soulevant comme un navire jusqu'à l'ex-

trémité de la douleur : cet élan de la
musique est toujours l'appel de l'amour.
Et sous la douleur la folie attendait,
embusquée comme elle dans ses membres
depuis qu'il avait cessé d'avancer. Il avait
été obsédé par le cauchemar d'un vautour
enfermé avec lui dans une cage, et qui lui
arrachait des morceaux de chair à chaque
coup de son bec en pioche, sans cesser de
regarder ses yeux qu'il convoitait. Le vautour approchait, gonflé depuis des heures
de tout le sang noir de l'obscurité, mais
la musique était la plus forte. Elle possédait Kassner, il ne la possédait plus : gel
sur Gelsenkirchen, avec un chien qui aboie
contre un vol de canards sauvages et dont
le cri se perd dans l'intimité touffue de
la neige; appels des porte-voix de grève
contre la sirène des mines; tournesols sac-
cagés sous les combats de partisans, leurs
pétales jaunes chiffonnés par le sang;

hiver sur la Mongolie livide en trois jours, pétales de roses desséchés comme des papillons morts dans le vent jaune; grenouilles dans l'aube pluvieuse d'un village aux palmes détrempées, avec les trompes lointaines des camions insurgés encore dans la nuit; cliquettes de marchands chinois en fuite devant les Lances-Rouges et disparus sous les vers luisants au bout d'une allée de palmes; inondation à perte de vue de la Yang-Tsé, avec des bancs de cadavres arrêtés par des arbres crochus dans un plat reflet de lune, et toutes ces têtes qui cherchent contre la terre froide et ravagée d'insectes le grondement de l'armée blanche à l'horizon des steppes ou des plaines mongoles, et sa jeunesse, et sa douleur, et sa volonté même, tout se perdait en gravitant selon une marche immobile de constellation. Vautour et cachot s'enfonçaient sous une lourde cas-

cade de chant funèbre jusqu'à une communion inépuisable où la musique per-
pétuait tout passé en le délivrant du
temps, en mêlant tout dans son évidence
recueillie comme se fondent la vie et la
mort dans l'immobilité du ciel étoilé; lambeaux de paysages de guerre, voix de
femmes, ombres en fuite, toute la mémoire
se dissolvait dans une pluie sans fin qui
descendait sur les choses comme si son
inépuisable chute les eût entraînées jusqu'au fond du passé. La mort était peut-
être semblable à cette musique : ici même
ou dans la salle de garde, ou dans la
cave à l'instant d'être tué, peut-être
sa vie s'étendrait-elle devant lui sans
violence, sans haine, tout entière noyée
dans la solennité comme son corps l'était
maintenant dans ces ténèbres, comme cette
charpie de souvenirs l'était dans ce chant
sacré. Au delà du cachot, au delà du temps,

existait un monde victorieux de la douleur
même, un crépuscule balayé d'émotions
primitives où tout ce qui avait été sa vie
glissait avec l'invincible mouvement des
mondes dans un recueillement d'éternité.
Ainsi que lorsqu'il planait en rêve, ailes
étendues, voici que dans un long mouvement de voile sous le vent il confondait
peu à peu son corps épars avec l'intarissable fatalité des astres, fasciné par l'armée de la nuit en dérive vers l'éternité à
travers le silence. Ciel de Mongolie au-
dessus des chameliers tartares prosternés
dans la poussière du Gobi parmi l'odeur
des jasmins desséchés, leurs hymnes sou-
dains coupés par la psalmodie nocturne;
... *et si cette nuit est une nuit du destin*
— Bénédiction sur elle jusqu'à l'appari-
tion de l'aurore...

Il se leva. Ses membres, sa peau, dès
qu'il demeurait immobile, se dissolvaient

dans l'obscurité; il n'en sentait les points
douloureux plus denses, comme les nœuds
du bois, que lorsqu'il bougeait. Il retrouva
au premier pas la structure de son corps,
ses os et leurs articulations lancinantes,
sa tête, plus grosse dans l'obscurité qu'elle
ne lui avait semblé le jour; il y avait pourtant autre chose dans la musique que cette
fatalité des sons à imposer une désagré-
gation sans limites, à faire glisser
l'homme, de sérénité en sérénité, au domaine vaincu des consolations; il en sur-
gissait maintenant un appel indéfiniment
répercuté, vallée de Jugement dernier
en révolte, communion du cri jusqu'à
toutes les voix de cette région souterraine
où la musique prend entre ses mains la
tête de l'homme pour la lever avec lenteur vers la fraternité virile : l'appel
de ceux qui à cette heure peignaient le
signe rouge et l'appel à la vengeance sur

les maisons de leurs camarades assassinés, de ceux qui remplaçaient les noms des plaques des rues par ceux de leurs compagnons torturés, de ceux qui, à Essen, tombés sous les matraques, mous comme des étranglés, la figure dans leur sang qui coulait de la bouche et du nez parce que les S. A. voulaient leur faire chanter l'*Internationale*, l'avaient hurlée à terre sur un ton de si sauvage espoir que le sous-officier avait saisi son revolver, tiré. Kassner se sentait avancer comme un squelette brisé secoué par le chant. Mais déjà, bien qu'avec ces voix surgît de l'implacable contemplation le souvenir de chants révolutionnaires levés sur cent mille hommes (et rien dans la musique n'est plus exaltant qu'une phrase déployée d'un coup par une multitude), dissociés et rejoints sur les foules comme les ramages étincelants du vent sur les blés jusqu'à l'horizon, — déjà l'impérieuse gravité d'un nouveau chant semblait une fois de plus attirer tout vers un immense sommeil; et, dans ce calme d'armée ensevelie, la musique à la fin surmontait son propre appel héroïque comme elle surmontait tout, comme il est dans sa nature de tout surmonter, de tout brûler dans ses flammes enchevêtrées de buisson à la fois ardent et serein; la nuit s'établissait sur l'univers tout entier, la nuit où les hommes se connaissent dans la marche ou le silence, la nuit abandonnée, pleine d'astres et d'amitié... Semblable à son cœur d'homme épuisé, elle battait anxieusement sur toute sa jeunesse, sur les mines en grève, sur les champs aux vaches couchées lentement réveillées par des aboiements répercutés de ferme en ferme, et, le chant retombant tout à fait, la ferveur de la vie et de la mort tout à l'heure unies dans l'accord

musical chavira dans la servitude illimitée
du monde : les étoiles toujours passeraient
aux mêmes lieux de ce ciel constellé de
fatalité, et à jamais ces astres prisonniers
tourneraient dans l'immensité prisonnière,
comme les détenus dans cette cour, comme
lui dans son cachot. Et, sous trois notes
répétées ainsi que des battements de cloches et dont la première retombait à la
fois sur toutes ses plaies, les derniers lambeaux du firmament reculèrent jusqu'au
fond du monde de l'angoisse et prirent
peu à peu la forme d'un vautour.

Paupières serrées, une légère fièvre
dans les mains accrochées maintenant à
sa poitrine, il attendait. Il n'y avait rien,
rien que de tous côtés l'énorme pierre et
l'autre nuit, la nuit morte. Il était collé
au mur. « Comme un mille-pattes »,
pensa-t-il, écoutant toute cette musique
née de sa pensée et qui peu à peu se

retirait, l'abandonnait là comme un pois-
son mort et refluait vers le néant, avec le
son même du bonheur humain.

Seule, pouvait s'accorder à la pierre une
espèce de sous-homme sournoise, soumise,
devenue enfin étrangère au temps. Le
temps des prisonniers, cette araignée
noire, oscillait dans leurs cachots, aussi
atroce et fascinant que le temps de leurs
camarades les condamnés à mort. Car
Kassner souffrait moins dans le présent
que dans un futur obsédant, dans un per-
pétuel « à jamais » que l'absolue dépendance et la porte fermée rendaient plus
pénétrant que le froid, l'obscurité et
l'écrasement même de la pierre. Quelque
chose en lui tentait de s'adapter, et l'adap-
tation c'était précisément l'hébétude; une
hébétude parcourue de longues phrases

musicales restées dans le cachot comme des traînards. C'étaient des phrases de plain-chant orthodoxe, presque immobiles; obsédantes de toute la force de l'instant où il avait pris la décision de se faire arrêter, elles évoquaient toujours le bric-à-brac russe de la boutique d'antiquaire : icônes, étoles, chasubles, dalmatiques, croix, et finissaient par se dissoudre dans le néant. Ce combat contre l'hébétude et les heures visqueuses, Kassner le vivait selon un rythme qui s'alentissait, et il le revivrait ici à l'infini, avec ces orfèvreries orthodoxes au fond de son obsession comme au fond d'une galère coulée, selon des rythmes de plus en plus lents, de plus en plus étendus, tels des ronds dans l'eau, jusqu'à ce que tout se perdît dans le silence anéanti de l'abrutissement.

On frappait. A la porte du cachot?

Depuis qu'il était dans la cellule il attendait ces coups-là.

On frappa de nouveau.

— Qui est-ce? demanda-t-il.

Des voix basses, des voix d'évidence, répondirent de l'autre côté de la porte : « C'est nous ». Cette fois, ils n'étaient pas là avec leurs bras écartés, mais immobiles comme une délégation indifférente envoyée par la torture même avec son timbre assourdi de fatalité. Mais on continuait à frapper : cinq coups — deux autres; et chaque coup ramenait Kassner vers ce qu'il peut rester de conscience dans les ténèbres : c'était un prisonnier qui frappait.

Deux coups, un temps, six autres; un temps plus long.

Nul n'avait répondu quand il avait frappé. Tout ce qui ressemblait à l'espoir ressemblait à la folie.

N'était-ce pas aussi la folie que de fuir devant tout espoir?

Cinq coups; deux; deux, six; neuf; dix; un, quatre; un, quatre; deux, six; neuf.

Déjà il embrouillait tout. Et cette psalmodie orthodoxe, ce chant de tombeau sur un trésor de cathédrale pillée, qui confondait les chiffres! D'abord, d'abord, montrer qu'il écoutait! Il frappa. L'autre allait répondre, répéter sans doute son message.

Dans la cellule, comment écrire?

L'autre prisonnier recommençait, plus lentement cette fois.

Comment écrire, comment écrire? Kassner avait envie de taper du pied, comme un cheval du sabot, dès qu'il entendrait de nouveau les coups, de les accompagner de tout son corps; mais il ne les en oublierait pas moins. « Il faudrait réfléchir. » Comment réfléchir, imprégné jusqu'aux os par cette insaisissa-

ble présence, par l'attente des coups, par
ce désespoir enragé dans ce petit bruit de
dents qui claquent?

L'autre recommença à taper :

5; 2; 2, 6; 9; 10; 1, 4; 1,4; 2, 6; 9.

Et toujours la psalmodie.

« Qu'est-ce que c'était donc qu'on appelait la torture par l'espérance?... » Si
Kassner appelait à son tour, peut-être
l'autre pourrait-il noter ce qu'il dirait.
Mais comment préparer un alphabet? Les
coups allaient revenir...

Il fit, pour penser, un des plus grands
efforts qu'il eût faits de sa vie. Impossible
de chasser de son esprit l'image d'une
main qui manque une mouche au vol. Il
parvint pourtant à noter : l'autre frappe
treize chiffres. Si j'en formais un seul
nombre, je le retiendrais peut-être. Non.
Trop long. Couper en deux? Peut-être...

Silence.

Il attendait, pouvant à peine respirer, tout le corps noué par son attente convulsée. Il frappait de temps à autre, à tout hasard maintenant. Rien. Il n'était pas devenu sourd : il entendait ses coups, ses pas, tout l'enchevêtrement marmottant des bruits de la prison au-dessus de la psalmodie opiniâtre. Les gardes avaient ouvert une porte proche. Celui qui frappait venait-il d'être pris, ou simplement, par hasard, appelé hors de sa cellule ? Comme naguère la musique, l'espoir se retirait de lui, l'abandonnait dans une hébétude anéantie. A l'affût pourtant du coup qui allait venir ; en vain, et l'espoir une fois de plus s'en allait, une fausse dernière fois, comme la fausse dernière vague de sang chassée d'une blessure par l'irrépressible pulsation du cœur.

Il ferma les yeux, et le monde sourdement éblouissant du demi-sommeil l'assaillit. Un pêle-mêle d'images à travers lequel apparut d'abord une irisation comme celle du pétrole sur l'eau; elle se fixa au rose, hérissée d'accents circonflexes noirs. Etait-ce ce passage de rivière où les poissons asphyxiés par les obus des Blancs avaient déferlé sur les partisans affamés, fusils en T et bouquets de poissons à ventre rose parmi les reflets saumon de l'aube froide?... Comme si le soleil se fût levé d'un coup ces reflets se dorèrent, s'unirent en une profusion d'orfèvreries sacerdotales semblable à celle de l'antiquaire. Leurs aspérités tremblaient sous la psalmodie comme les petites flammes des lampes d'icones, et elles étaient en même temps les veilleuses du Transsibérien échoué comme un paquebot dans la forêt sous les isolateurs du télégraphe...

La guerre civile.

Une chasse vertigineuse lançait son esprit vers les images qui maintenaient sa vie. Il fallait organiser cette chasse, la transformer en volonté. Bakounine prisonnier rédigeait chaque jour en imagination un journal entier : éditorial, informations, conte, feuilleton, échos... Les images suscitées par la musique, rapides, n'avaient été que des spectacles; il fallait les faire entrer dans la durée. Tout le problème de la captivité était de cesser d'être passif. Peut-être Kassner parviendrait-il à vaincre l'hébétude, et la folie, et l'obsession de l'évasion qui continuait sa vie souterraine, comme le salut éternel sous la vie pécheresse d'un chrétien. Il y avait encore autant de force en lui que de menace autour de lui.

III

La vitrine bariolée du marchand de
couleurs qu'il a vue après son arrestation
devient l'église Saint-Basile avec ses
oignons multicolores, au fond de la Place
Rouge; et, comme si les croix et les encensoirs de l'antiquaire, tout son déballage
d'étoles et de dalmatiques montaient de
terre, les coupoles toutes semées d'étoiles
de cuivre d'un couvent-forteresse appa-
reillent dans la nuit sous leurs croix dou-
bles et tout leur gréement de chaînes
dorées chargées de pigeons et de corneilles; au-dessous, une ville contre-révolu-

tionnaire pourrie d'ex-votos, de jouets et de pèlerinages, vieille-Russie dont la mystique ensanglantée masque mal les corps des partisans pendus aux cloches. Le bataillon étranger, envoyé en renfort aux partisans battus, est planqué dans un bois avec une mitrailleuse. Dans la forteresse, il y a des cachots. Dans un cachot, un prisonnier. Il s'évadera. Il est dans un couloir; derrière une vitre dépolie, une fleur à peine visible, deux taches, une rouge, une verte, en couleur, en couleur! Il va vers un avion. Sa femme est à Prague.

L'esprit de Kassner tournait dans l'évasion comme son corps dans la cellule. Il fallait se souvenir minutieusement, reconstituer avec application. Non pas être emporté : recréer. Il demandait trop au destin pour aimer son passé, mais sa mémoire désagrégée avait retrouvé sa force en trouvant un but. Patiemment, opiniâtrement, il revint à son bois inquiet devant la ville tassée dans sa crevasse de brume.

La nuit se serre contre la terre d'hiver, écrasée par une présence qui prend lentement possession de tout le paysage nocturne : des croix orthodoxes brandies comme des triques, des bannières de processions russes avec le reflet de la lune sur leurs perles fausses, dépassent peu à peu un épaulement de terrain. Un passage de sanglier dans les feuilles : c'est un partisan qui s'enfuit, la bouche ouverte, une taie bleuâtre de lune sur les yeux; — un pope en grand costume apparaît sur le tertre, debout, accroché de tout son poids à la hampe de la bannière dont il s'est servi pour se hisser; l'étoffe claque à toute volée, à travers le vent qui vient de se lever.

Kassner en attend le bruit. Rien. Le

plus grand silence. Et pas de bruissement dans les feuilles, rien du nocturne murmure de la terre; pas de bruit tout à l'heure à la fuite de sanglier de son voisin, et cette bouche ouverte crie — et il ne l'a pas entendue.

Sourd! Il entendit son cri jusqu'au fond du cerveau; et le bruit du guichet que venait d'ouvrir le garde. Celui-ci regarda le prisonnier, assommé par la lumière, haleter dans son angoisse comme dans un capuchon, haussa les épaules, et le claquement assourdissant du guichet réensevelit Kassner dans sa folie contrôlée.

Les popes sortis du tertre commencent à avancer, dalmatiques et tiares sous les croix et les bannières, et une irréalité sans limites anime ce Trésor en marche, cette folie d'orfèvre lâchée dans les champs boueux, avec toutes ces barbes blanches et ces tremblotants reflets de perles et d'argent sous la lune. Ils approchent en chantant avec une haine indignée la psalmodie qui depuis des heures rôde dans le cachot, et qui retombe sur des frissonnements de feuilles comme des fuites de bêtes, et sur le tintamarre lointain de leur ferraille d'argent. Quelque chose passe sur la nuit : le hurlement d'un chien au loin, présent comme l'ombre d'un oiseau qui plane, ailes étendues.

Non : c'est un prisonnier qui hurle dans une cellule voisine.

Kassner de toute sa force regarde un petit animal, rat ou furet, qui détale, file vers les popes. Ils sont maintenant immobiles, rapetissés par ce vaste paysage lunaire ; bien que leurs croix prennent des airs de matraques, ils sont désarmés, et il est difficile de tirer sur un homme désarmé s'il ne se cache pas; ils manipulent de petits objets d'où monte de la fumée qui poudroie bientôt, semble geler à mi-course du vent sous la lune: des encensoirs.

Depuis combien de temps Kassner n'a-t-il pas fumé?... La nuit chasse vers lui l'odeur d'église, intruse dans cette longue campagne vitrifiée par le froid et la haine sous l'éclat du grand ciel étoilé; pendant que cette odeur de crypte peu à peu s'installe, au-dessus du buis amer des feuilles, voici qu'il en sort à nouveau du tertre, rang par rang hérissé de croix menaçantes. Derrière eux les blancs, qui hier, grâce à eux, ont repris le village, — pendant plus d'une heure, dans le morne soleil de l'après-midi d'hiver, les cris d'un paysan rouge torturé...

C'est le prisonnier du cachot voisin qui

crie de nouveau. Il y a beaucoup de formes de torture dans l'imagination des hommes. Kassner plaque ses mains sur ses oreilles.

Un coup de feu part derrière les croix : un des blancs tire; presque aussitôt, un autre coup de feu, tiré par l'un des popes (un revolver?) ; un troisième fait dans le bois la même lueur rouge que celle des encensoirs. Et la mitrailleuse du bataillon étranger commence à tirer. Elle est un peu en arrière de Kassner; par prudence, il recule. Elle tape à petits coups égaux, comme une clef sur les barreaux d'une grille de cachot; une extrémité de branche coupée par une balle tombe, emportée obliquement par le vent. Kassner a servi cette même mitrailleuse au Caucase, lorsqu'il a dû en refroidir le canon brûlant avec des raisins écrasés au-dessus du canon où le jus ruisselait avec un tchtch... bouil-

lonnant. Un pope, le troisième à partir de
la nuit, tombe en s'accrochant plusieurs
fois à sa croix, comme s'il tournait autour;
les autres commencent à courir, mêlés
maintenant aux soldats blancs qui les rat-
trapent. Le rythme de la mitrailleuse
devient plus rapide, et de tous côtés les
coups des vieux fusils apparaissent et dis-
paraissent dans les bois : les partisans ont
enfin vu les Blancs, — et toutes ces chutes
mortelles semblent dérisoires dans l'indifférence et le grand silence des astres.

— D'où es-tu? demande le mitrailleur
à Kassner.

— Communiste étranger.

Le silence rétabli, le vent, la nuit.

— Moi, je suis de l'Altaï. Regarde-les
par terre, avec leurs robes d'argent et
leurs grandes barbes blanches : pourquoi
sont-ils comme la neige qui reste dans le
creux des montagnes?... »

Sur le sol nocturne, les corps tombés dessinent un grand vautour blanc au bec énorme et aux ailes arrachées.

Une voix, dans la cellule, articula nettement mais tout bas, dans un chuchotement solennel : « Ils sont morts ». Et, un peu plus haut : « Anna aussi est morte, je te dis... Elle est morte. » Sous les mains de Kassner toujours plaquées sur ses oreilles, le sang haletait, appelait les images comme un plongeur l'air ; le sang, son seul compagnon vivant, plein de cloches sous l'eau, de fléaux alternés sur le sol, de galops réguliers au fond de la nuit. Les murs du cachot venaient de se rapprocher de Kassner ; non, c'était la marée de l'angoisse qui refluait à chaque coup du bourdon des tempes. Revenir à la ville, revenir à la ville !

Est-ce le même couvent ou non, ce vaisseau-fantôme qui file avec les nuages désolés, cloches perdues dans le ciel, loin de son équipage mort étendu en grand costume dans les plaines glacées? Pourquoi regarder avec cette complaisance fascinée le bras d'un barbu en pourpoint broché qui, de son verre plein de vodka tente d'attraper dans leur chute deux flocons de neige, au pied du mur que surplombent toujours les partisans pendus aux grandes cloches noires battues des corneilles? Il est là au centre du grand silence ramassé, où des centaines de meubles dorés font de la grand'rue un salon inquiet rendu intime par le ciel très bas et qui commence à jaunir; la ville prise à l'aube, dans un grand mouvement tourbillonnant d'hommes et de feuilles gelées à travers les derniers haillons de la nuit, les partisans ont tiré des maisons riches

tous les meubles contournés, tout ce que
le baroque russe peut mêler de Louis XV
et d'Escargot; sur le plus grand piano,
aux pieds en gargouilles de cathédrale, il
y a un énorme buisson de fleurs artificiel-
les, blanches. Là-dedans se balade un carnaval de partisans barbus : ils ont dépouillé les popes de leurs chasubles, et se
sont, en quelques heures, taillé dans le
brocart des frusques de Contes d'Hoff-
mann. Ils avancent entre fauteuils et pia-
nos argentés ou dorés sous la lumière
trouble où la neige commence à tomber,
comme des fous qui auraient tout à coup
conquis un Opéra. Du sol monte anxieusement un grondement lointain étouffé par
la neige...

Résistant à la poussée des images, Kassner suivait l'approche de ce pilonnage
feutré, la transformation de son piétine-
ment précipité en un régulier halètement

de paquebot. Les partisans abandonnaient fauteuils et rêves, rentraient en courant dans les maisons... Quelques coups de feu, puis plus rien : on ne se battait pas. Plus rien que ce rythme de sang aux tempes qui maintenant râclait les entrailles de la terre, devenait d'autant plus distinct qu'il était traversé de hennissements enragés : la cavalerie.

Au tournant! Harnachés, sellés, avec tous leurs ornements à demi asiatiques, des milliers de chevaux sans cavaliers envahissaient la ville. Avec le long flottement du galop des bêtes redevenues sauvages, ils tournaient pour entrer dans la grand'rue, déportés par leur course comme des voiles par le vent, et faisaient sauter canapés et fauteuils, dans un tumulte de sabots et de hennissements. Ils se précipitaient, cols secoués en avant du moutonnement des dos, serrés par la

rue comme les bœufs par l'entrée du cor-
ral, surgis tout harnachés des migrations
préhistoriques. Les derniers partisans
fuyaient, minuscules, devant cette flotte
convulsée dont le galop montait et descendait, à la fois flotte et mer dans la rue
d'un bout à l'autre emplie, sous l'œil sans
regard des chevaux pouilleux agités derrière les barrières de bois : les Cosaques
en fuite avaient abandonné leurs bêtes.
Les partisans suivaient avec convoitise
cette richesse perdue qui passait intarissablement, — jusqu'au moment où, derrière les chevaux cosaques, parurent enfin,
sans selle, nus, après tout ce harnache-
ment, de la même nudité que celle d'un
homme, les chevaux paysans qui à leur
passage avaient brisé leurs barrières. Le
bruit en grappes serrées de leurs sabots
se mêlait dans leur course perdue vers le
soir commençant, s'ouvrait peu à peu en

éventail vers le bois déjà à demi nocturne.
Malgré la tristesse et la guerre accroupies
derrière les montagnes, ils étaient le cri
même de la terre spasmodique et qui écla-
tait de joie sous le gel. L'air! Le froid qui
n'a pas un visage de murs, le froid cabré
comme un de ces chevaux dont les derniers disparaissaient, tête retournée, —
cabré dans la nuit glacée, et martelant
de ses sabots barbares la terre ouverte
et crevassée, la terre vivante comme le
fleuve et la mer!

Kassner rouvrit les yeux.

Rien de tranchant. Ni corde, ni mouchoir. S'ouvrir les veines avec les ongles?
Il sentit que ceux-ci n'étaient pas encore
assez longs.

Ne trouverait-il rien autre? Un de ses
amis avait demandé qu'après sa mort on

lui ouvrît une veine, pour s'assurer que la circulation avait cessé. Kassner revoyait le scalpel d'un aide (le médecin avait refusé) cherchant dans la chair qui ne saignait plus la veine fine et blanche. Il chercherait ainsi sans la voir, avec ses bouts de doigts ensanglantés, la sienne, pleine, battante...

Son corps qui lui avait paru si vulnérable vivait maintenant d'une vie sourdement invincible, cœur et respiration protégés par cette cage d'os. « La nature fait les choses comme si les hommes avaient tout le temps envie de se suicider... »

Il avait à la fois besoin de mourir en paix et d'enfoncer les pouces dans le cou du premier garde qui entrerait, sans lâcher, quoi qu'il arrivât... Comment rendre sa mort utile ? Dans ce trou, impossible d'aider qui que ce fût. « Avoir eu si souvent l'occasion de mourir... » Le destin choisissait bien mal. Il faudrait **en reve**nir aux ongles.

Ce ne serait pas tellement simple. Il s'approcha du fil de lumière qui marquait la porte, et parvint à deviner sa main aux doigts écartés, aux ongles qu'il sentait très courts. Il se servirait de celui du petit doigt comme d'une plume à vaccin. Il essaya de le faire entrer dans sa chair, à la hauteur du poignet. En vain. Il était trop court, mais aussi trop rond, trop émoussé : la chair était à la fois plus élastique et plus dure qu'il ne le croyait. Il devrait pointer l'ongle en l'usant contre le mur. Encore deux jours au moins.

Il tentait toujours de voir ses doigts, dont le bout émergeait à peine de l'obscurité totale comme s'ils eussent appartenu à une main étrangère. Son courage avait pris la forme de la mort. Et il regardait, fasciné, cette chair presque invisible qui

était la sienne et où devait lentement pousser l'ongle qui lui permettrait de se tuer.

Il commença à marcher de nouveau. Sa
main qui devenait fatalité pendait à côté
de lui comme une sacoche. L'heure pro-
chaine serait la même que celle-ci; les
mille bruits étouffés qui grouillent sous le
silence de la prison répéteraient à l'infini
leur vie accablée de punaises, et la souffrance, comme la poussière, recouvrirait
d'une angoisse égale l'immuable domaine
du néant.

Il s'adossa au mur, et retourna aux
heures stagnantes.

IV

La lumière était celle d'une lampe au fond du couloir. Dehors, la nuit, sans doute.

Jambes écartées, le garde l'examinait. Celui-là a envie de s'amuser, pensa Kassner. Il connaissait les histoires de prisonniers qu'on fait marcher à quatre pattes.

Le garde fit un pas en avant.

Kassner était certain de se trouver en face de la cruauté ou de la volonté d'humiliation, et pourtant à peine devinait-il de ce visage autre chose que son regard d'acheteur d'esclaves. Il recula d'un pas pour garder sa distance, en avançant le buste et soulevant le talon gauche : s'il parle, je ne réponds pas, mais s'il veut me toucher, je lui colle ma tête dans l'estomac. On verra après.

Le garde ne s'y méprit pas : dans le recul de la peur le buste est en arrière des jambes, non en avant. Quelque chose tomba avec un bruit mou.

« — Travail. Effilocher », dit-il.

La porte se referma.

Au moment où Kassner se croyait le plus près du suicide, il avait suffi de la réalité pour qu'il retrouvât sa force. Déjà, lorsque les S. A. étaient venus dans son cachot, toute crainte avait disparu avec l'angoisse, malgré les cris des cellules voisines, à l'instant même où ils étaient entrés. Il connaissait le monde de l'insomnie et parfois sa précision d'insecte dans son intarissable rabâchage du malheur : c'était dans ce monde qu'il se débattait, et

l'efficacité de sa lutte ne pouvait être dans
la conquête d'un calme de toute évidence
inaccessible, mais dans la possibilité de
retrouver cette tête prête et ces poings en
arrière. Et il avait à tel point oublié la
sensation du toucher, qu'il eût frappé
comme un affamé mange.

Il marcha sur l'objet que le garde avait
jeté, le ramassa : c'était une corde.

Ne pourrait-on manger une corde, bien
grillée ? Tranche violette de la viande
rôtie, eau qui perle sur la buée des carafes,
anis et menthe glacés dans le soir, près
des arbres! Combien de fois l'avait-on
nourri depuis qu'il était là? La faim le
rejetait à la fièvre abrutie des fortes grip-
pes, mais par instants seulement.

« Travail... »

Il pensa qu'effilocher la corde serait
rogner ses ongles, comme si le suicide fût
revenu chercher en lui un objet oublié.

Les chocs métalliques des portes refer-
mées les unes après les autres se succédaient en gamme montante dans l'épais
silence noir : sans doute les gardes distri-
buaient-ils des cordes. La volonté de suicide entrait-elle avec elles dans tous ces
trous, à son heure, la même pour presque
tous, comme à son heure venait le désespoir, comme à son heure venait l'abrutissement ? Les ondes de folie qui avaient
abandonné Kassner n'entraînaient-elles
pas ses compagnons dans leur roue, de
plus en plus bas, de plus en plus loin des
hommes qu'ils étaient ? Ne saisissaient-ils
pas la corde, ne devenaient-ils pas fous,
devant cette corde nazie, de ce que leur
seul geste de liberté eût été prévisible, de
ce qu'on leur prît leur mort comme on
leur avait pris leur vie ?... Il y avait ceux
qui étaient depuis plus longtemps que lui
dans les cellules, et les plus jeunes, et les

malades... Dans chaque cachot il y avait une corde, et Kassner ne pouvait rien faire de plus que frapper au mur.

Coup après coup. A peine osait-il écouter. Pourtant, ou il était déjà fou, ou l'on répondait. Dans la même direction que naguère. En même temps que de toutes ses forces il écoutait, il avait peur d'entendre: ces coups n'allaient-ils pas une fois de plus cesser? Une fois déjà il avait cru entendre le pas du garde et il s'était trompé. L'espoir même était une forme de douleur.

Chargée d'une infinie patience, de la patience d'un prisonnier, la main invisible recommença :

Cinq — deux — deux, six — neuf — dix — un, quatre — un, quatre — deux, six — neuf.

Neuf était séparé de dix par un temps plus long que deux de six.

Kassner, tandis qu'il frappait, n'avait pas cherché l'alphabet. Peu importait, et l'essentiel était que la communication fût établie : il délivrait autant du néant son compagnon, et s'en délivrait autant lui-même, en écoutant qu'en frappant. Les groupes de deux chiffres : deux-six, un-quatre, n'appartenaient sans doute pas à un système de division de l'alphabet, puis-qu'ils étaient suivis de chiffres isolés. Ils indiquaient presque à coup sûr des nom-bres. 5-2-26 — 9-10. Déjà il avait oublié les autres.

Il frappa encore un coup.

Le voisin, de nouveau, répondit.

5-2-26; 9-10; 14-14; 26-9.

Et recommença, de loin en loin, jusqu'à ce que Kassner eût répété les chiffres.

Celui-ci serrait de toutes ses forces ses paupières, sentant grimacer douloureuse-ment son visage jusqu'aux tempes, pour

se représenter ces chiffres en ordre. Ce
n'était pas sur leurs noms mais sur leurs
signes qu'il en trouverait la clé. Et il se
sentait une âme d'insecte avare qui dans
son trou de pierre accumule ses richesses,
les pattes repliées — comme en ce moment même, ses doigts sur sa poitrine —
sur ces nombres qui étaient au moins
l'amitié et que la faiblesse ou la surexci-
tation de sa mémoire pouvait effacer ainsi
qu'un réveil. Suspendus derrière ses yeux
à quelque fil imperceptible et menacé, ils
emplissaient pourtant l'obscurité, glis-
saient au-dessus de lui comme s'il eût dû
s'accrocher à eux pour être sauvé et que
sa main sans cesse les eût manqués. Il
essaya toutes les clefs : chiffre ajouté au
nombre de lettres de l'alphabet, retran-
ché; multiplication; division de l'alphabet
en tranches. Penser, chercher des chiffres,
échapper au vide était un tel secours que

tout obstacle, en comparaison, devenait dérisoire. Alphabet au chiffre inversé?... — il découvrit qu'il ne savait l'alphabet par cœur que dans un seul sens.

Si celui qui frappait était fou?

Un ancien camarade anarchiste malade qui, à l'hôpital militaire, avait amené plusieurs voisins de lit à l'objection de conscience, avait été couché entre le mur et un fou.

Et pourquoi un des gardes n'eût-il pas frappé, en réponse à ses coups, exprès, des coups sans signification?

On frappait de nouveau. Cette patience d'aveugle ne pouvait venir que d'un prisonnier; et ce soin, cette application dans la façon de frapper ne pouvaient être d'un fou.

A force de patience, il trouverait! S'il n'embrouillait pas, à travers ses hypo-

thèses successives, les chiffres dont il cherchait le sens, — pour enfin se retrouver
dépouillé, nu, si près de cette inlassable
fraternité...

Et pourtant chaque bruit de la prison
devenait semblable à un coup lointain, et
la prison tout entière à cette réunion nocturne de Hambourg où, à son appel,
chaque homme frottant une allumette
avait découvert, avant qu'elle ne retombât
aux ténèbres, l'étendue de la multitude
parcourue par de petites flammes jusqu'au
fond de l'obscurité... Il se souvint d'une
rue ouvrière voisine d'Alexanderplatz avec
ses boutiques de cigares fermées sous la
lune, une nuit de combat. Les communistes venaient de quitter la rue et les dernières lumières s'éteignaient à mesure
qu'approchait le grondement des camions
de la police. A peine ceux-ci étaient-ils
passés que d'un bout à l'autre de la rue

les fenêtres lançaient sur les trottoirs leurs
rectangles de lumière hachés de silhouet-
tes : un peu en arrière à cause des balles,
la population de la rue était apparue d'un
coup avec ses faces tendues, les gosses res-
quilleurs un peu plus bas. Les portes s'ou-
vraient devant les camarades réfugiés
peut-être dans les encoignures. Et soudain,
d'un coup comme elle était venue, toute
cette figuration fraternelle était retournée
à la nuit : un nouveau camion de policiers
arrivait, qui passa de toute sa vitesse entre
les maisons reprises par l'indifférence
lunaire.

Encore des heures, rongé par les four-
mis des chiffres, avec parfois le passage
des gardes. Et lentement, presque acciden-
tellement, comme si elle se fût formée en
lui sans qu'il y fût pour rien, l'idée lui

vint que 5 pouvait ne pas signifier que 1 fût la cinquième lettre, mais bien que ce fût après cinq lettres que l'alphabet commençât. F était alors 1; G, 2... Z, 21; A, 22; B, 23... E, 26. Une fois de plus l'autre prisonnier frappait et Kassner écoutait, suivant les coups un à un sur ses doigts en épelant :

$$2 = G; \quad 26 = E; \quad 9 = N.^{1}$$

La joie le secoua, devançant de nouveau son esprit. Il retenait sa respiration, suffoquant pourtant, ses doigts tout à coup autonomes enfoncés dans ses cuisses. Il chancela, rejeté à toute volée aux ténèbres: un nouveau son se mêlait aux coups; une fois de plus, le garde arrivait.

Lentement. Tranquille, indifférent, saturé peut-être de cet ennui qu'épand à travers les portes la décomposition des

---

1. *Genosse :* camarade.

emprisonnés, — prisonnier à temps parmi les prisonniers à hébétude ou à mort.

Un, deux, trois, quatre...

Certes, Kassner entendait mieux, du cachot, que le garde, du dehors. Cinq, six... Mais celui-ci approchait, et bientôt entendrait. Sept... Avec ses pas, le temps se précipitait dans un bouillonnement de rivière contre Kassner, arrachait jusqu'aux dernières ramifications de ses nerfs. Huit, neuf... Non seulement, si le garde entendait, celui qui frappait serait assommé ou envoyé aux cellules où le condamné ne peut se tenir que debout, aux cercueils verticaux, mais encore l'alphabet serait surpris. Et Kassner se sentait aussi responsable que si la patience de celui qui frappait, l'aide qu'il tentait inlassablement de lui apporter eussent été prises comme à un appeau à son ignorance, à sa maladresse. Dix... Il était entre les coups et le pas qui s'approchait, qui serait sur lui avant trois secondes... Même si l'alphabet était celui qu'il supposait, comment frapper *attention*, trouver les lettres : A, C...[1]? Il comptait sur ses doigts à partir de F. C'était plus de 20...

Il leva le poing, comprit aussitôt qu'il ne serait pas entendu s'il frappait ainsi, plia l'index...

L'autre venait de cesser de frapper.

Avait-il, lui aussi, entendu le garde? C'était probable: comme celle de Kassner, son attention suspendue aux coups était sans doute prête à saisir tout bruit. Certaines rondes semblaient avoir lieu avec régularité. Dans le silence devenu illimité, et où pourtant la menace d'un appel de l'autre cachot demeurait suspendue, les pas s'approchaient un à un. Kassner les suivait, demeurait embusqué, la tête entre

1. *Achtung.*

les épaules, tendu comme pour repousser tout appel, ramassé dans une folle volonté de magnétiseur.

Le pas s'éloigna.

Les coups, de nouveau.

$$10 = O.$$

En même temps que le prisonnier continuait, Kassner frappa :

$$1,4 : S; \; 1,4 : S; \; 2,6...$$

Dans les ténèbres, ils frappaient ensemble ce mot : *camarade*, sûrs maintenant qu'ils se comprenaient, et pourtant ni l'un ni l'autre ne s'interrompirent; ils allaient jusqu'au bout, chacun entendant à la fois ses coups et ceux de l'autre, comme ils eussent entendu les sourds battements accouplés de leur cœur.

Kassner ne voulait rien dire que d'essentiel, avec ces mots dont chacun allait se crisper sur la poitrine d'un homme

emmuré. Avant tout, lui dire qu'il n'était
pas seul, le défendre contre la corde qu'il
n'effilochait pas non plus, puisqu'il
frappait. Kassner cherchait ses mots,
comptait sur ses doigts : il lui fallait parler
une langue qu'il épelait encore; tout à
l'heure, l'accompagnement de l'autre
l'avait aidé. Mais déjà il entendait

PRENDS COURAGE

Le garde passait.

L'autre prisonnier continuait (et avec
les premiers coups de QUI frappés par
Kassner, tous deux semblaient s'interrompre) :

ON PEUT...

Une porte refermée à toute volée sembla
écraser les coups. Le tympan de Kassner
était à vif. Il était sûr de connaître maintenant la direction des sons, et celle de

la porte refermée était celle des coups.

Ou les gardes étaient entrés dans la cellule de son camarade, ou dans une autre assez proche pour que celui-ci cessât de frapper. Mais quelque chose de sourd, de confus et de lointain à la fois, comme des sons très éloignés sous l'eau, se passait là-bas, venait faire trembler tous ses sens tendus à bloc dans la nuit. Un coup, de nouveau! Non : un choc. Suivi d'un autre, plus large, plus étouffé. D'autres encore, durs et pleins maintenant : ce n'était plus le doigt, c'était tout le corps de son camarade assommé dans son cachot qui tapait contre ce mur avec le son mou de la chair ou le son clair de la tête, et venait résonner dans les ténèbres de Kassner béant, enfermé, saoul d'impuissance et de servitude.

Il les attendait.

Et pourtant, peut-être ne viendraient-ils

pas. Sans doute n'avaient-ils entendu les coups que d'un seul côté (lui, avait frappé des coups beaucoup moins nombreux) ; sinon, ils eussent attendu pour savoir qui répondait, et déjà...

En effet, ils ne venaient pas. C'était la solitude qui allait revenir. Kassner vidé de fraternité comme il l'avait été de rêves et d'espoir demeurait suspendu au silence qui recouvrait les centaines de volontés tendues dans la termitière noire. Parler pour des hommes, dussent-ils ne jamais l'entendre !

« Camarades autour de moi dans l'obscurité... »

Autant d'heures, autant de jours qu'il le faudrait, il préparerait ce qui pouvait être dit aux ténèbres...

V

« Depuis... je ne sais pas : les heures noires se confondent — enfin, quinze jours avant d'être arrêté, — j'étais à Paris : meeting pour les emprisonnés d'Allemagne. Des nôtres par dizaines de mille, debout. Dans la salle principale, les aveugles à qui les premiers rangs ont été réservés chantent sourdement, perdus dans les chants révolutionnaires que rabattent les autres salles et la nuit, — chantent avec leurs terribles petits gestes d'aveugles. Pour nous. Parce que nous sommes ici.

» J'ai vu Lénine mort. C'était dans l'ancienne salle de la Noblesse. Le crâne

un peu plus gros encore qu'à l'ordinaire,
voyez-vous bien. Et jusqu'au fond de la
nuit il y avait des gens en marche dans
la neige.

» Après être passés devant le cercueil,
— ou avant... — nous attendions dans une
maison proche. Quand la femme de Lénine
arriva, avec sa tête de vieille institutrice,
nous comprîmes que le plus profond
silence peut devenir encore plus profond.
Il y avait l'attente. L'angoisse. Et elle sentait que nous la rejoignions jusqu'au fond
même de la mort.

» Et avec la voix qu'on peut avoir dans
ces cas-là, voyez-vous bien, elle dit seulement — et aucun de nous n'attendait de
cette vieille communiste cette phrase :
« Camarades, Vladimir Illitch aimait pro-
fondément le peuple... »

» Vous, mes compagnons de Chine
enterrés vivants, mes amis de Russie aux

yeux arrachés, mes amis d'Allemagne
autour de moi avec leurs cordes, toi qu'on
vient peut-être d'assommer, c'est ce qu'il
y a entre nous que j'appelle amour.

» Je sais ce qu'il faut de force pour faire
une bonté qui compte. Je sais aussi que
rien ne compensera ce que tant d'entre
nous souffrent ici, sauf des victoires. Mais
du moins, si nous sommes victorieux, chacun des nôtres trouvera-t-il enfin sa vie.
Et chacun de ceux qui savent qu'ils sont
seuls, qu'ils rentreront le soir dans une
chambre où ils seront encore seuls ; et
qu'ils y rapporteront le mépris et l'indifférence de tous, et l'inutilité de leur vie, toujours derrière eux comme un chien. Et
qu'alors ils iront chercher une femme avec
qui vivre parce qu'il faut vivre avec quelqu'un; et ils coucheront ensemble et
feront des enfants qui ne seront pas choisis
non plus, avant d'aller pourrir avec la

multitude des grains qui n'auront pas germé. A cette heure, s'il fait nuit dehors comme ici, dans toutes les maisons s'assied ou se couche en silence une foule traquée. Car l'amour est choix, et on n'a rien à choisir quand on n'a rien à donner.

» Mais depuis les aveugles de Paris jusqu'aux soviets chinois, dans chaque pays du monde, en ce moment, il y a quelques hommes qui pensent à nous comme si nous étions leurs enfants morts.

» J'ai vu...

» Il faut que je revienne en arrière... Il est difficile de parler dans la nuit.

» Mon père a été l'un des meilleurs militants de Gelsenkirchen pendant vingt ans. Ma mère mourut. Il se mit à boire. Le soir, saoul, il allait aux meetings, comme ceux qui ont failli mourir de faim se lèvent la nuit pour aller chercher le pain qu'ils cachent sous leur oreiller. Il interrompait les orateurs, faisait l'idiot ou parfois se tenait tranquille au fond des salles. On le connaissait, on le voyait arriver avec tristesse ou exaspération, mais on ne le chassait pas. « Ça distrait », dit un jour ironiquement un camarade qui ne m'avait pas vu derrière lui... Politiquement, c'est mon père qui m'a formé, — avant. Les premières fois que je pris la parole, il tenta d'abandonner l'alcool, mais il y revint. J'ai reçu ses interruptions dans le ventre pendant des discours entiers, et c'est alors que j'ai compris combien j'étais lié à la révolution. Il travaillait à la mine. Un jour, explosion : il était en bas avec deux cents mineurs. Les camarades du service de sauvetage descendaient au son d'une intolérable cloche d'enterrement. Ils avaient été entourés par les flammes, et, malgré les masques, n'avaient pu sauver même les leurs : deux tués, un manquant. Les volontaires, — nous tous, voyez-vous bien, — devant les puits, se passaient les extincteurs et les sacs de sable, dans l'unique bruit d'une ambulance automobile toute prête et qui attendait en vain. Le feu avançait. Un troisième sauveteur fut tué. Ça dura quarante heures. Puis les inspecteurs et nos délégués déclarèrent que l'oxyde de carbone avait complètement envahi les galeries, et on mura la mine devant nous, patiemment...

» J'ai vu jouer une pièce qui était presque cela, à Moscou, le jour de la fête de la jeunesse. Trois cent mille adolescents défilaient. Il fallait couper leur foule pour entrer ; le théâtre commençait à neuf heures et le défilé avait commencé à cinq. A chaque entr'acte nous descendions fumer, et nous retrouvions cette intarissable adolescence qui continuait à passer, toute hérissée de drapeaux rouges au ras des fenêtres. Puis les autres remontaient vers la fiction et moi vers ma jeunesse. Et à chaque entr'acte nous redescendions, et les types continuaient à passer, et nous remontions vers cette pièce qu'on avait écoutée jusqu'à la Caspienne et jusqu'au Pacifique, parce qu'elle donnait au travail son sens et sa dignité. Je me souvenais de la cloche, et des mineurs serrés autour, solitaires dans l'indifférence jusqu'au fond de la nuit allemande... Et quand tout fut terminé, en regardant la multitude qui nous empêchait encore de sortir je pensai qu'elle avait moins de vingt ans. Et qu'il n'y avait donc pas un homme, voyez-vous bien, entre tous ceux-ci qui depuis des heures et des heures convergeaient vers la place Rouge, pas un seul de ces hommes qui eût connu le temps du mépris...

» Nous...

Deux pas dans le couloir.

Kassner s'approcha de la porte sans savoir pourquoi.

» Nous sommes ensemble dans la mine fermée. Et nos journaux, qui n'avaient pas de correspondants d'usines, en ont depuis que quiconque nous écrit risque ce cachot. Et malgré ces tanières à folie, il y a eu cinq millions de non au plébiscite.

» Voyez-vous bien...

La porte s'ouvrit et la pleine lumière du couloir le brûla jusqu'au cerveau. Elle ruisselait sur tout son corps, le lavait de l'obscurité qui collait ses paupières.

— Tu vas te décider?

Il parvint enfin à ouvrir les yeux. Deux hommes rouge et vert, avec des taches jaunes qui l'éblouissaient... Ils devenaient kaki: l'uniforme des S. A., avec leur croix gammée noire sur le brassard blanc ; blanc, couleur bouleversante... Kassner sentit qu'on le poussait dehors.

Ils l'emmenaient à travers de grandes vagues jaunes de lumière. On savait maintenant qu'il était Kassner. Tenter l'évasion? Il ne contrôlait presque plus ses gestes; il ne pourrait ni sauter ni se battre. Et à peine voyait-il clair. « Je redeviendrai un homme, juste au moment d'être torturé. » Son discours battant encore en lui comme des ailes étouffées, il avançait à la façon d'une baudruche, soulevé par le goût de l'air odorant qui pénétrait dans sa poitrine, par la marche à grands pas, par la lumière devenue bleue comme lorsqu'on retire des lunettes noires : le rez-de-chaussée, le jour. « Dans une heure, je parviendrai peut-être tout de même à temps à en descendre un. »

Il comprit seulement lorsqu'il se trouva devant un fonctionnaire nazi, dans la salle où il avait été interrogé à son arrivée au camp, qu'on ne le menait encore ni à la salle de garde ni à la cave. Allait-il être transféré? Au delà des cellules noires, il n'existait que les cercueils verticaux. Le jour poudroyait sur un visage dont Kassner ne retenait que les courtes moustaches drues et les sourcils épais, et sur deux personnages de couleur sombre, en civil, pendus comme des pardessus au mur où ils s'appuyaient. Devant eux, une raie de soleil pleine d'atomes frémissait comme un canal sous le vent. Kassner signa un registre, le nazi remit à l'un des deux pardessus une enveloppe et un paquet au papier troué, où le prisonnier crut reconnaître ses bretelles. L'un des pardessus l'ouvrit :

— Il manque un briquet et une boîte de cachou.

— Ils sont enveloppés dans le mouchoir, dit le nazi.

Les deux hommes menèrent le prison-

nier trébuchant à une auto : il ne parvenait pas à cesser de regarder le ciel, se
prenait les pieds dans chaque obstacle,
manquait le trottoir. Ils s'assirent à ses
côtés ; l'auto partit aussitôt.

— Enfin ! dit le premier pardessus.

Kassner avait envie de répondre, ani-
malement, bien que ses compagnons
appartinssent selon toute vraisemblance
à la Gestapo. L'homme épais qui venait
de parler était passablement irréel, avec sa
moustache rare et tombante au-dessus de
ses canines presque apparentes, dans cet
air libre lavé de grands ruisseaux bleus ;
et chacun de ses traits trop gros se défor-
mait vers sa caricature. Il ressemblait à
la fois à un morse que Kassner avait vu
à Shangaï et au gros Chinois qui le montrait. Kassner connaissait sa manie de
retrouver dans chaque visage une tête
d'animal, mais cette figure-ci était singu-

lière à l'excès. Et ce visage que la lumière
en pluie oblique des deux côtés de l'auto
continuait d'animer tremblait au-dessus de
doigts aux ongles bombés, bizarrement
courbes. Le visage brouillé par le jour
encore frémissant semblait vouloir s'y
dissiper : l'auto rejetait tout en arrière,
mais les visages des policiers, eux aussi,
étaient transformés en images mobiles,
vulnérables, provisoires, prêtes à se dissoudre dans l'air multicolore. Ce n'était
pas le rêve; les objets vivaient de toutes
leurs dimensions, pesaient de leur poids;
mais ils n'étaient pas réels. C'était l'autre
planète, le monde inconnu, l'arrivée chez
les ombres.

— Alors, demanda le morse, on va
revoir la petite mère? »

Quelle « petite mère » se demanda
Kassner. Il eut pourtant la force de
ne pas demander où on le conduisait.

Le morse souriait, silencieusement ou ironiquement, les canines nettes maintenant, sur un fond brouillé de champs et d'arbres d'automne. Il semblait à Kassner que c'étaient ces canines qui parlaient, et non la bouche.

— On voit que ça va mieux, dit le morse.

Kassner chantonnait, — la mélopée des popes, sur un rythme joyeux, — et en prit enfin conscience. Son esprit seul se sentait menacé : son corps était libre. Peut-être le morse allait-il se dissoudre, l'auto disparaître, et lui se retrouver dans son cachot. Peut-être ce qu'il entendait n'engageait-il rien ni personne, et les idées et les mots rejoignaient-ils dans le néant la fuite des arbres et des asters violets sur le bord de la route. Une part de lui-même, cependant, demeurait lucide et aux aguets; mais autour de lui, réalité ou rêve ou mort, filait et tournoyait une vaste fiction qui s'appelait la terre.

— N'empêche, continuait le morse, hochant la tête, que vous avez de la chance qu'il se soit décidé à se livrer.

— Qui?

— Kassner.

Comme une image, à travers des jumelles peu à peu mises au point, devient nette, le visage du policier se sépara de la lumière. Kassner revit soudain deux gardes rouges par terre à l'entrée d'un village, morts, le sexe brûlé entre des briques, dans le matin sibérien plein d'insectes heureux.

— Son identité est établie?

— Il a avoué.

Silence.

— On avoue beaucoup de choses, ici, dit Kassner.

— Vous n'avez subi aucun mauvais

traitement. Et cette tête de cochon n'avait pas même été battu. A ce moment-là, bien entendu. Il a avoué, en un mot, librement.

Le policier fronça ses sourcils transparents.

« Tous savaient que nous le cherchions. Et que nous ferions ce qu'il faudrait pour le trouver. Ce qu'il faudrait, en un mot. Nous avions commencé. Mais il s'est dénoncé.

— Ce qu'il faudrait... Et si c'est un type qui a voulu épargner ça aux autres?

— Sans blague? Un communiste! Les corrections des autres je crois qu'il ne les a pas connues. C'est quand il a su que c'était lui qu'on cherchait qu'il s'est dénoncé. En un mot, la trouille de revenir ici vous rend piqué... »

Etait-il enfin fou? Ce ciel gris et bas de rêve, cet homme à tête de morse, cet univers tremblant toujours prêt à se dis-

soudre; et ce pare-brise où il ne reconnaissait pas son visage hirsute, au moment
même où il était obligé de parler de lui-
même comme d'un autre...

— Il y a les photos, je crois. Et il
savait ce qu'il risquait, reprit le morse.

— Où est-il?

Le policier haussa les épaules.

« Mort?

— Tout à fait vivant, ça m'étonnerait...
Avec de pareilles questions, je me
demande comment ils ont pu vous prendre
pour un communiste important. En un
mot, c'était un cochon, mais pas un
fou.

L'auto passa devant une gare. Sur la
voie, des prisonniers travaillaient; devant
un train qui allait partir, un voyageur et
une femme s'embrassaient, et presque
tous les prisonniers les regardaient.

— Ce n'était pas un cochon.

— Si vous aviez été endommagé à sa place, vous auriez trouvé que c'était un monsieur très bien?

Kassner regardait l'homme et la femme qui s'embrassaient.

— Si je... Oui.

L'autre policier posa sa main sur le bras de Kassner :

— Si vous tenez à y retourner...

Mais le morse se toucha rapidement la tête du doigt.

Ou cet homme s'est livré pour qu'on ne torture pas les autres, pensait Kassner, ou parce qu'il voulait se tuer, ou dans l'espoir de faire libérer un camarade qu'il croyait plus utile que lui: moi... Quand on est fou, est-on réellement persuadé de ne pas l'être? Un homme était peut-être mort à sa place; il le savait, y pensait et pourtant ne parvenait pas à en prendre conscience; aussi supplicié que si on eût tenté de le contraindre en faisant souffrir son enfant. Même lorsqu'il interrogeait, il ne parvenait pas à s'éveiller du cachot.

— Vous n'avez pas sa photo?

Le policier haussa de nouveau les épaules et fit un geste indifférent.

Si ce n'était pas la folie, mais le mensonge?

Si tout cela était inventé par le morse, pour l'obliger à parler? Ou par pur plaisir? Depuis que Kassner avait quitté le camp, il ne s'était pas senti une seconde dans la vérité. Mais savait-il encore ce que c'était que la vérité?

— Et si vous n'aviez pas des relations avec des gens qu'un étranger qui respecte l'hospitalité ne doit pas rencontrer, dit l'autre policier, il ne vous serait rien arrivé. Vous avez de la veine que votre légation se soit occupée de vous. Elle a eu bien tort! »

Oui, les siens n'étaient pas sans amitiés à la légation de Tchécoslovaquie.

Kassner regarda celui qui venait de parler : sa vue avait enfin repris l'habitude du jour. Parfaite gueule de policier, petit-bourgeois correctement râblé. Mais, si la vue de Kassner était redevenue presque normale, son esprit demeurait attaché au cachot par mille toiles d'araignées. Le morse croyait-il avoir trop parlé? Il s'était détourné et regardait les champs que parcourait le tourbillon des feuilles.

... Jusqu'au Polizei - Presidium, où, après divers petits discours et formalités, un scribouillard enrhumé remit à Kassner son paquet (bretelles, lacets) et les marks qui lui avaient été pris :

— Je retiens onze marks soixante-dix.

— Pour les timbres?

— Non : pour le camp. Un mark trente par jour.

— C'est pour rien. Je suis resté seulement neuf jours?

Kassner avait commencé à retrouver la terre; mais l'idée qu'il n'était resté que neuf jours dans le cachot l'en sépara de nouveau; le réel était comme une langue qu'il eût tour à tour connue et oubliée. Et il sentit avec violence que sa femme venait de rencontrer une chance extraordinaire, comme si elle eût été libérée, et non lui.

— Vous en avez deux pour quitter l'Allemagne. A moins que d'ici là...

— Que d'ici là, quoi?

L'enrhumé ne répondit rien. Peu importait d'ailleurs : Kassner savait que, tant qu'il n'aurait pas franchi la frontière, il ne serait pas sauvé. Comment les nazis avaient-ils accepté l'identité de celui qui s'était donné pour lui? Ils avaient la garantie de la mort, et peut-être des raisons

inattendues et fortes qu'il ne connaîtrait
jamais. Quel qu'il fût, cet homme avait-il
été tué avant que n'arrivassent les documents envoyés au camp où Kassner était
détenu? Si c'était Wolf, il avait pu sans
peine se procurer des papiers au nom de
Kassner; mais il ne lui ressemblait pas...

Kassner regarda, au-dessus des toits, le
ciel lourd et très bas : les avions de ligne
n'avaient sans doute pas quitté l'aérodrome. Il fallait profiter de l'expulsion,
abandonner l'Allemagne au plus tôt pour
changer d'identité : ils se reverraient
ensuite, la Gestapo et lui. Son regard
redescendit d'étage en étage. Un homme
était peut-être mort à sa place. En bas,
dans la rue, continuait la vie de chaque
jour.

L'avion de l'usine pourrait-il partir ?

VI

Le pilote avait cru reconnaître Kassner dans cet anonyme qu'il devait transporter, mais il ne lui avait rien demandé. La petite usine d'hélices possédée par l'organisation clandestine du parti lui permettait d'exécuter chaque semaine quelques vols d'essai et de disposer de deux avions. Celui-ci reviendrait dans un mois sous un autre numéro, conduit par un autre pilote. Kassner cessa de regarder le jambon merveilleusement rose du sandwich qu'il tenait à la main, et prit la feuille de renseignements météorologiques : mauvaise visibilité à 10 kilomètres du champ; tempête de grêle sur les monts de Bohême, plafond très bas; en nombre de lieux, brume au sol.

— Tu te rends compte? demanda le pilote.

Kassner regardait le sourire qui, devant un semblable départ, animait ce visage de moineau inquiet (est-ce vrai que les pilotes ont toujours la tête d'un oiseau?) :

— J'ai été observateur pendant la guerre, vois-tu bien. Les avions de ligne sont partis?

— Non. Défense de quitter l'aérodrome en direction Sud.

— Pour les avions allemands; mais les Tchèques?

— Pas partis non plus. Une chance sur trois de passer.

Kassner regarda de nouveau cet homme dont il ignorait tout sauf la passion, et avec qui il allait risquer sa vie. Il avait un goût profond de l'amitié; et pourtant, de sentir qu'ils étaient unis non dans leurs personnes mais dans leur passion commune l'émouvait davantage, comme si chacun de leurs pas vers l'appareil l'eût rapproché d'une austère et puissante amitié éparse sur la terre.

— Quitte à faire, dit Kassner, j'aimerais mieux tomber de l'autre côté de la frontière.

— Bon.

Ils continuaient à marcher vers l'appareil, plat sur le champ d'aviation, — petit, moche, moche, moche...

« Nous partons Nord, dit le pilote; avec ce temps, dans dix minutes on ne nous verra plus. »

Ils étaient arrivés devant leur avion : faible réserve d'essence, un moteur. Un avion de week-end.

— T.S.F.? demanda Kassner.

— Non.

Cela lui était, par ailleurs, indifférent.

Les derniers cachets sur les passeports et les documents, les parachutes fixés.

— Prêt, contact?

— Contact.

Les gaz.

L'avion prit de la hauteur. Kassner ne voyait pas même les arbres bouger, tandis que le vent debout soulevait et laissait retomber l'avion, d'un tangage allongé de vaisseau de guerre. En bas, sous quelques nuages échappés et sous les vols d'oiseaux (ceux-ci tout près du sol, presque collés à lui comme les hommes), la fumée d'un train perdu dans l'automne libre sous le vaste calme de l'après-midi se déployait jusqu'au poudroiement de la ville sur un troupeau placide de villages couchés. Il n'y eut bientôt plus rien sous la

lourde couverture du ciel que les bancs
d'oiseaux collés au sol comme à un fond
marin d'un solennel repos; les hameaux
et les plantes semblaient peu à peu unir
au delà du monde des prisons leurs des-
tins apaisés. Et pourtant, dans cet horizon
même, il y avait sans doute un camp de
concentration; avec l'inlassable cruauté
des enfants, des hommes y torturaient
d'autres hommes jusqu'à une agonie sans
espoir. Le souvenir des ténèbres enfonçait
dans la poitrine de Kassner l'immensité
et dans ses yeux ce paysage de prophète,
chassait toute pensée sauf celles de la souffrance et de la cruauté, comme si elles
seules eussent tiré derrière elles les mêmes
millénaires que les bois et les plaines.
Mais devant les plaines et les nuages il y
avait le visage attentif du pilote. L'action
commune liait les deux hommes à la façon
d'une vieille et dure amitié; le pilote était

là, braqué sur son fond de plus en plus
blanc, comme la réponse de ceux que
Kassner avait sauvés en détruisant leurs
noms, comme celle des ombres auxquelles
il avait adressé son discours, et le peuple
silencieux des leurs qui avait empli l'obscurité de la prison semblait emplir le
domaine du brouillard, l'univers immense
et gris qu'habitait ce moteur volontaire
plus sensible qu'une bête.

L'avion était passé de mille à deux mille
mètres; il entra dans une barre de brume.
Sous l'abandon de Kassner une vigilance
intérieure ne cessait d'écouter le moteur,
d'attendre le premier trou par où jaillirait
une fois de plus la terre. Il n'avait trouvé
dans la carlingue qu'une carte à mauvaise
échelle, et l'épaisseur des nuages rendait
l'observation impossible. Au milieu du
brouillard devenu constant, le temps disparaissait dans cet étrange combat sem-

blable à un sommeil. Retrouverait-il en
sortant l'Allemagne, ou la Tchécoslovaquie, ou un de ces paysages asiatiques
qu'il avait si souvent survolés, ruines
impériales éparses sous les guêpes, oreilles
en bataille des ânes dans le vent plein de
pavots ?... Le compas n'indique pas la
dérive de l'avion sous l'action d'un vent
perpendiculaire. Après un très long passage uni dans la brume, là où la carte
indiquait à peine des collines, surgirent
des crêtes verticales encore couvertes de
neige, et le ciel de plus en plus noir.

A la hauteur des cimes, l'appareil était
déporté de cent kilomètres au moins.

Kassner venait de retrouver d'un coup
sa dimension minuscule devant l'immense
nuage noir en arrêt, non plus calme et
immobile là-haut, mais ramassé, vivant et
meurtrier. Ses bords avançaient vers
l'appareil comme s'il se fût peu à peu

creusé en son centre, et l'immensité, la lenteur du mouvement, ne donnaient pas à ce qui se préparait l'aspect d'un combat animal, mais celui d'une fatalité. Les ailes s'enfonçaient pourtant dans la nuée de toute leur vitesse, et la perspective jaunâtre et grise de ses bords effrangés, comme une perspective de caps dans une mer brumeuse, se perdait dans un univers gris illimité, sans bornes parce que séparé de la terre : la sombre étoupe du nuage venait de se glisser sous eux, et les jetait au domaine du ciel, fermé, barré lui aussi par la même masse plombée. Il sembla soudain à Kassner qu'ils venaient d'échapper à la gravitation, qu'ils étaient suspendus avec leur fraternité quelque part dans les mondes, accrochés au nuage dans un combat primitif, tandis que la terre et ses cachots continuaient sous eux leur course qu'ils ne croiseraient plus jamais. Dans l'ombre de tous les côtés de la carlingue et sous eux à travers le trou du capot, la suspension rageuse de ce tout petit appareil contre les nuages soudain livrés à leurs seules lois devenait irréelle, submergée sous les voix primitives de la vieille puissance ennemie : l'ouragan. Malgré le tangage de l'avion qui retombait sur chaque rafale comme sur un plancher, Kassner n'eût plus été collé qu'à ce moteur aveugle qui les tirait en avant, si, soudain, l'appareil ne se fût mis à frire : ils étaient en plein nuage de grêle.

— Tchécoslovaquie? cria Kassner.

Impossible d'entendre la réponse. L'avion de métal sonnait comme un tambourin au-dessus du crépitement des grêlons sur les vitres de la carlingue : ils commençaient à entrer par les interstices du capot, à leur cribler le visage et les yeux. Entre deux battements de paupières,

Kassner les voyait dégringoler le long des vitres, rebondir aux rainures d'acier, se perdre dans une ombre exaspérée. Si une vitre sautait, il deviendrait impossible de diriger. Et pourtant il semblait que le pilote ne vît rien, qu'il gouvernât d'instinct au milieu des grêlons. De toute sa force, Kassner s'appuya pourtant sur la monture de la vitre et la maintint fixée de la main droite : les inscriptions dans les cellules, les cris, les coups frappés au mur, le besoin de revanche étaient avec eux dans la carlingue contre l'ouragan. La ligne de vol était toujours plein sud; le compas commençait à indiquer l'est. « Gauche! » hurla Kassner. En vain. « Gauche! » A peine s'entendait-il lui-même secoué, arraché, submergé par les grêlons à la volée qui claquaient sur sa voix et faisaient sauter l'avion comme des fouets. Du bras libre, il indiqua la gauche. Il vit le pilote pousser le manche comme pour virer de 90°. Aussitôt il regarda la boussole : l'avion allait à droite. Les commandes ne répondaient plus.

Il semblait cependant encore que l'avion s'enfonçât dans la rafale avec une sûreté de vilebrequin; dans ce déchaînement, malgré les commandes inefficaces, la constance du moteur laissait croire encore à la domination de l'homme. L'avion trembla sur toute sa longueur, impérieusement immobile tout à coup dans un dur tressaillement. La grêle, et le brouillard noir toujours semblable à lui-même : et au centre cette boussole qui seule les rattachait à ce qui avait été la terre. Elle tournait lentement vers la droite, et, sous une rafale plus forte, elle commença à virer, virer, et fit un tour complet. Deux. Trois. Au centre du cyclone l'avion faisait la roue, tournait à plat sur lui-même.

Et pourtant la sensation de stabilité
était la même, le moteur de toute sa rage
s'obstinait à les arracher au cyclone.
Mais ce cadran qui tournait était plus
fort que les sensations du corps tout
entier : il exprimait la vie de l'appareil
comme l'œil resté vivant exprime la vie
d'un paralytique. Il leur transmettait dans
un chuchotement l'énorme vie fabuleuse
qui les secouait comme elle courbe les
arbres, et la fureur cosmique se réfractait
avec précision dans son minuscule espace
sensible. L'avion continuait à tourner.
Le pilote était crispé sur le manche, à la
limite de l'attention; mais son visage
n'était plus le visage de moineau inquiet
de tout à l'heure, c'était un visage nouveau, yeux plus petits, lèvres plus gon-
flées, nullement convulsé, aussi *naturel*
que l'autre; pas un masque déformé, un
masque nouveau. Et pourtant pas surpre-

nant; comme si l'autre l'eût impliqué
Kassner reconnut enfin celui de l'enfance,
— et ce n'était pas la première fois (bien
qu'en cette seconde il en prît pour la première fois conscience) que devant lui la
résolution dans le danger plaquait sur un
visage d'homme son masque d'enfant. Le
pilote tira soudain le manche à lui, et
l'avion cabré fila verticalement; le cadran
du compas se coinça contre le verre. Ils
étaient pris par-dessous, comme un cacha-
lot retourné par une vague de fond. Toujours la même aspiration régulière du
moteur, mais l'estomac de Kassner descendait dans le siège. Looping ou montée?
Entre deux nouveaux coups de fouet de la
grêle, sa respiration revint. Il s'aperçut
avec surprise qu'il tremblait, non des
mains (il maintenait toujours la vitre)
mais, uniquement, de l'épaule gauche. A
peine se demandait-il si l'avion était de

nouveau horizontal que le pilote enfonçait le manche en avant et coupait les
gaz.

Kassner connaissait la manœuvre : tomber, profiter du poids de la chute pour
crever l'orage et tenter de rétablir la
position près du sol. Altimètre : 1.850;
mais il savait ce qu'il faut penser de la
précision des altimètres. 1.600 déjà ;
l'aiguille gigotait comme le cadran de la
boussole tout à l'heure. Si la brume descendait jusqu'au sol, ou si les montagnes
étaient encore sous eux, ils s'écrasaient.
Kassner pensa que seule l'approche de
la mort donne le droit de connaître de
l'homme le masque enfantin qu'il venait
de contempler, et que cet homme-là aussi
allait mourir pour lui. Mais du moins avec
lui. Déjà, l'avion ayant cessé d'être passif dans le combat, son épaule avait cessé
de trembler; tous ses sens étaient mainte-

nant ramassés, de façon très précisément
sexuelle : ils piquaient de tout leur poids,
respiration coupée, trouant les rafales
comme des toiles, dans l'éternel brouillard
de fin de monde qui vivait sauvagement
du bruit déchiré des grêlons.

1.000

950

920

900

870

850, il sentait ses yeux en avant de
sa tête, ses yeux qui frénétiquement crai-
gnaient l'arrivée de la montagne, — à la
limite pourtant de l'exaltation.

600

550

500

4... Non pas horizontale et devant lui
comme il l'attendait, mais au loin et
oblique, la plaine ! Il hésita devant l'irréa-

lité de cet horizon à 45° (c'était l'appareil qui tombait incliné) mais déjà tout en lui l'avait reconnu, et le pilote tentait de rétablir la position. La terre était très loin, au delà de cette mer de nuages ignobles, de flocons de poussière et de cheveux déjà refermée sur eux, déjà rouverte; à cent mètres sous l'avion jaillit de ses derniers lambeaux un paysage de plombagine, des éclats noirs de collines dures autour d'un lac blafard qui se ramifiait en tentacules dans la vallée, et qui reflétait avec un étrange calme géologique le ciel bas et blême.

— Tchécoslovaquie? cria de nouveau Kassner.

— Sais pas...

A demi assommé, l'appareil se traînait sous l'orage, à 50 mètres des crêtes, puis au-dessus de vignes violettes et du lac moins calme qu'il ne le semblait d'abord : au large grain de peau de la surface de l'eau, on devinait les courtes vagues d'un vent rasant. Pour la seconde fois Kassner eut l'impression que c'était sa femme qui venait d'être sauvée. L'avion dépassait l'autre rive, et ce qu'il y avait de sacré dans l'homme, l'assaut contre la terre, monta soudain vers Kassner des champs et des routes, des usines et des fermes aplaties par la hauteur, des rivières ramifiées en veines sur le grand écorché des plaines retrouvées. De seconde en seconde entre les nuages les plus bas apparaissait et disparaissait tout l'opiniâtre monde des hommes; le combat contre la terre inépuisablement nourrie de morts et qui de minute en minute se plombait davantage, parlait à Kassner d'un accent aussi sourdement souverain que celui du cyclone rejeté en arrière; et la volonté des siens acharnés là-bas, au delà des Car-

pathes, à son asservissement, montait vers
les derniers reflets roux du ciel avec la
même voix sacrée que l'immensité — que
le rythme même de la vie et de la mort.

Il quitta la vitre de la main, et sourit
en revoyant sa ligne de vie, qui était longue, et la ligne de chance qu'ironiquement
il s'était faite un jour avec un rasoir ; ainsi
avaient été faites toutes celles qui mar-
quaient son propre destin, non d'un coup
de rasoir mais de volontés patientes et
tenaces ; qu'était la liberté de l'homme,
sinon la conscience et l'organisation de
ses fatalités ? Sur cette terre où les lumières de plus en plus nombreuses semblaient
sourdre de la brume d'automne mêlée à
la nuit, sur cette terre de cachots et de
sacrifices où il y avait eu l'héroïsme, où il
y avait eu la sainteté, il y aurait peut-être,
simplement, la conscience. Routes, rivières, canaux en cicatrices, n'étaient plus

visibles qu'à peine sous la brume, comme
le réseau de rides peu à peu effacé d'une
main immense. Kassner avait entendu dire
que les rides s'effacent de la main des
morts, et, comme s'il eût voulu revoir
avant qu'elle ne disparût cette dernière
forme de la vie, il avait regardé la paume
de sa mère morte : bien qu'elle n'eût guère
plus de cinquante ans et que son visage,
et le dos même de sa main, fussent restés
jeunes, c'était presque une paume de
vieille femme, avec ses lignes fines et profondes, indéfiniment entrecroisées comme
toutes les fatalités d'un destin. Et elle se
confondait avec toutes les lignes de la
terre, consumées elles aussi par la brume
et la nuit, et qui elles aussi prenaient la
figure d'un destin. Le calme de la vie
montait de la terre encore livide vers
l'avion épuisé que le ruissellement de la
pluie poursuivait comme un écho de la

grêle et de l'ouragan rejeté en arrière; un apaisement immense semblait baigner la terre retrouvée, les champs et les vignes, les maisons, les arbres pleins peut-être d'oiseaux endormis.

Le regard de Kassner rencontra celui du pilote. Celui-ci souriait avec maladresse et complicité, d'un sourire de collégien qui vient d'échapper à une punition; mais il avait reconnu l'une des lignes du chemin de fer et la suivait dans les dernières sautes de vent, comme un gros bourdon.

A l'horizon, les lumières de Prague.

VI

Marcher sur ce trottoir irréel, dans cette ville dont aucune rue ne conduisait à un cachot allemand! Ses sens à vif prêtaient à l'éclatant fouillis de vitrines devant lequel il passait le fantastique des spectacles créés par son imagination d'enfant au sortir des féeries, grandes rues pleines d'ananas, de pâtés et d'objets chinois où un diable avait décidé de réunir tous les commerces de l'Enfer... C'était lui qui venait de l'enfer, et tout cela était simplement la vie... Il quitta l'auto de l'aérodrome.

Le pilote avait voulu rester au champ d'aviation : il partait pour Vienne, avec un autre camarade, le lendemain matin. Kassner et lui connaissaient ces rapports qui engagent l'homme jusqu'au plus profond et qui ne peuvent remonter à la surface quotidienne de la vie; ils s'étaient serré la main avec un sourire résigné.

Kassner rentrait dans son état civil comme dans d'épaisses et profondes vacances; et pourtant, il ne retrouvait encore ni lui ni le monde. Derrière des rideaux, une femme repassait avec soin, s'appliquait; il y avait des chemises, et du linge, et des fers chauds, en cet étrange lieu qui s'appelle la terre... Et aussi des mains (il passait devant une vitrine de gantier), des mains qui servaient à tout faire : rien, parmi ce qui l'entourait, qui n'eût été saisi ou créé par elles. La terre était peuplée de mains, et peut-être eussent-elles pu vivre

seules, agir seules, sans les hommes. Il ne
parvenait pas à reconnaître ces cravates,
ces valises, ces bonbons, ces charcuteries,
ces gants, ces pharmacies, cette vitrine de
fourreur avec un petit chien blanc qui se
baladait au milieu des peaux mortes, s'as-
seyait, repartait : un être vivant, aux longs
poils et aux mouvements maladroits, et
qui n'était pas un homme. Un animal. Il
avait oublié les animaux. Ce chien se pro-
menait avec tranquillité au milieu de la
mort, tout comme cette chair à cachots et
à cimetière, passants, en marche vers la
place. Sur de grandes affiches de music-
hall gigotaient des personnages bleu de
Prusse, dont ces passants continuaient la
course sous quoi s'étendait comme une
sourde mer le domaine dont Kassner por-
tait encore en lui le grondement retombant : il avait peine à dessaouler du néant.
Encore des marchands de victuailles et de

vêtements, un fruitier. O fruits magnifiques, pleins de toute la respiration de la
terre! Retrouver Anna d'abord. Il entra
pourtant chez un marchand de tabac,
acheta des cigarettes, en alluma une aussitôt, et retrouva à travers la fumée son
monde irréel : une vitrine de modiste, un
maroquinier, un horloger (on vendait aussi
des heures, celles des sans-cachots), un
café. Les gens.

Ils existaient toujours. Ils avaient con-
tinué à vivre, tandis qu'il était descendu
au royaume aveugle. Il les regardait avec
l'émotion trouble qui l'avait saisi lorsqu'il
avait rencontré pendant la guerre, au bout
d'un couloir de plâtras ensanglantés, une
vitrine toute garnie de bibelots. Les quartiers ouvriers rejoignaient ici les plus pauvres quartiers bourgeois... Etait-il en face
des siens, ou d'adversaires, ou d'indiffé-
rents? Il y avait ceux qui étaient contents

d'être ensemble, dans la demi-amitié et la demi-chaleur, et ceux qui, avec patience ou véhémence, tentaient d'extraire de leur interlocuteur un peu plus de considération; et au ras du sol tous ces pieds exténués, et sous les tables quelques mains aux doigts entrelacés. La vie.

La toute petite vie des hommes; mais là, tout près de la porte, trois femmes étaient debout; l'une était belle, et son regard ressemblait à celui d'Anna. Il y avait aussi des femmes, sur la terre; mais l'affaiblissement l'avait rendu chaste, non obsédé. Pourtant il avait envie de les toucher, comme il avait eu envie de caresser le chien : en neuf jours, ses mains étaient presque mortes. Et derrière lui, quelque part, on criait dans des cellules, et un homme s'était donné pour lui. O dérision, appeler frères ceux qui ne sont que du même sang! Il s'enfouissait dans l'es-

saim tiède des phrases idiotes, des inter-
jections, des respirations même, comme
dans la chaleur stupide et merveilleuse de
la vie; il était saoul d'humanité. S'il avait
été tué ce matin, peut-être le rêve de l'éternité eût-il été cette heure humide d'automne d'où peu à peu semblait sourdre la
vie humaine comme la buée et les gouttes
recouvrent les verres glacés. Le théâtre
de la terre commençait la grande douceur
du début de la nuit, les femmes autour
des vitrines avec leur parfum de flânerie...
O paix des soirs sans cachots, des soirs où
personne ne meurt près de soi! Ne revien-
drait-il pas par un soir semblable, après
qu'il aurait été vraiment tué? Là-bas, dans
la nuit, il y avait toute la campagne cou-
chée et les grands pommiers droits au
centre de leur anneau de pommes mortes,
et les montagnes et les forêts, et le sommeil illimité des bêtes sur la moitié de la

terre; et ici, cette foule qui s'engouffrait
dans la vie avec ses sourires nocturnes ou
dégringolait dans la mort avec ses cou-
ronnes et ses cercueils, cette foule noncha-
lamment démente qui n'entendait pas ce
qui en elle répondait à la mort à l'affût, là-
haut, dans ses steppes d'astres; qui ignorait jusqu'à sa propre voix, jusqu'à son
cœur convulsif foulé sous ce grouillement
que Kassner retrouvait comme il allait
retrouver sa femme, comme il allait retrouver son enfant.

Il était arrivé devant sa maison. Il montait l'escalier. Allait-il se retrouver dans
son cachot? Il frappa à sa porte; pas de
réponse; frappa plus fort, et vit une carte
dans le coin inférieur de la porte : « Je
suis à Lucerna. » Anna militait parmi les
émigrés allemands; et Lucerna était une
des plus grandes salles de réunions de
Prague. Il fallait acheter le journal du

Parti. Il regardait stupidement la porte, plein de désolation et pourtant délivré : elle n'avait certainement pas ignoré son arrestation, et il n'avait jamais songé sans angoisse à la minute où ils se retrouveraient. L'enfant ne dormait-il pas derrière cette porte idiote? Mais non, ses coups l'eussent éveillé. Et d'ailleurs, elle ne l'eût pas laissé seul.

Quand il avait été libéré, puis quand l'avion avait échappé à l'orage, il lui avait semblé qu'elle était sauvée et non lui; et il sentait son absence comme une spoliation. Il redescendit, acheta le journal : Théâtres... Cinémas... Lucerna : *Meeting pour les antifascistes emprisonnés*. Il y en avait chaque semaine. Là aussi, elle était avec lui.

Dans une atmosphère de championnat du monde, de kermesse et de menace,

quinze à vingt mille hommes étaient mas-
sés, entourés de forces de police au coin
des rues dans des reflets d'armes. La salle
centrale étant trop petite, des haut-parleurs étaient installés tout autour : près
de Kassner qui avait peine à entrer, toutes
les têtes, nez en l'air, écoutaient le grand
grincement des mégaphones :

« ... Mon fils était un ouvrier. Pas
même socialiste. On l'a envoyé au camp
d'Oranienburg et il y est mort. »

Voix de femme. Quand Kassner put
parvenir à la grande salle, il distingua,
au centre d'une perspective de calicots
écarlates couverts d'inscriptions, une
vieille silhouette maladroitement penchée
sur le micro : chapeau de série, manteau
noir, — le costume des dimanches. Plus
bas, des nuques, toutes semblables: jamais
il ne trouverait Anna dans une telle foule.

« Parce qu'il est allé à une manifestatation antifasciste, juste avant la prise du pouvoir par les autres.

» Jamais je ne m'étais occupée de politique. On dit que ce n'est pas l'affaire des femmes. Leur affaire, c'est les enfants morts.

» Moi je... ne... ferai pas de discours...

Kassner connaissait cette angoisse de l'orateur pas encore habitué aux masses, paralysé quand sa première exaltation s'épuise, reflue, écrasée par celle de la salle (de plus, nombre d'auditeurs ne comprenaient pas l'allemand) comme si celui qui parle chancelait sous une réponse silencieuse. Et pourtant cet arrêt avait la force, soudain coupée, du cri des bêtes égorgées : la multitude, résolue à ne pas retomber à elle-même, cous en avant, haletait plus que la femme ; il semblait que ce fût sa propre conscience qui se débattît là. Kassner pensa à la rue où ce halètement n'était transmis que par les haut-parleurs, — et où, peut-être, Anna l'écoutait. Il était arrivé à trois mètres de la tribune, en arrière, et cherchait jusqu'au vertige parmi les milliers de visages, de face maintenant.

« Dis que ça ne se passera pas comme ça », dit l'autre femme à mi-voix.

Comme à l'école, elle soufflait. Avec la foule, menton tendu, elle attendait que reprît la parole restée dans toutes les gorges. L'autre ne bougeait pas, et Kassner épiait le dos immobile de la vieille Erynnie étranglée à qui l'on soufflait la vengeance. A l'angoisse des visages, il devina qu'elle ne trouvait plus ses mots. Elle se courbait peu à peu comme si elle eût dû arracher de terre les phrases qu'elle cherchait.

« ... On l'a tué... c'est ça que je dois dire à tout le monde... Le reste... les délégués, les savants qui parleront... vous expliqueront... »

Elle leva le poing pour crier « Front rouge » comme si souvent elle l'avait vu faire; mais, décontenancée jusqu'à la suffocation, elle ne parvint qu'à lever à peine le bras, et dit les deux mots sur le ton d'une signature. Tous étaient avec elle ; sa maladresse avait été la leur, et tandis qu'elle reculait vers le fond de la tribune, les applaudissements secourables montaient vers elle comme sa douleur était allée vers eux. Puis l'émotion se décomposa en une rumeur de toux et de mouchoirs, et tandis que le président traduisait en tchèque, la réaction vint, la délivrance, la recherche inquiète de la gaîté. Cette agitation allait-elle enfin permettre à Kassner de trouver ces yeux d'Anna qui le faisaient penser autrefois aux chats siamois ? A vingt mètres, il vit soudain son visage lointainement mulâtre, ses yeux qu'entre les longs cils noirs, les prunelles claires emplissaient tout entiers. Il avança entre dos et poitrines, de toute sa force; c'était une jeune femme inconnue, qui disait : « ...défendu de jouer à la guerre et la dernière fois qu'il m'est revenu avec un poche-œil il m'a expliqué « Tu comprends, maintenant, on est plus civilisés, on joue à la révolution... » Il continuait à avancer pas à pas, craignant douloureusement de projeter le visage d'Anna sur tous ceux qui de très loin lui ressemblaient : « Nous pourrons sûrement réunir des fonds si on met dans la délégation des gars du bâtiment. — Pourquoi pas? » Il faisait très chaud. Son regard était à tel point saturé de visages qu'il se demanda s'il reconnaîtrait encore sa femme. Il revint près de la tribune. Un secrétaire dictait à un camarade des instructions pour la campagne :

« Qu'ambassadeurs et consuls reçoivent sans cesse des coups de téléphone demandant la liberté des emprisonnés. — Etablissez des permanences. — Formez des délégations d'enquête en Allemagne. — Postiers, collez le timbre Thaelmann sur les envois à destination de l'Allemagne. — Marins et dockers, continuez à interdire le pavillon hitlérien dans les ports, causez avec les marins allemands. — Cheminots, inscrivez notre mot d'ordre sur les wagons qui se rendent en Allemagne... »

Enfin, la voix du président, sur le ton de la conversation :

« Le petit Wilhelm Schradek, sept ans, a perdu son père, qui le retrouvera au bureau », et, un ton plus haut: « La parole est au camarade... » Un nom suivi d'une phrase que Kassner ne comprit pas. Mais les conversations étaient tombées d'un coup, et autour de chaque centre de bruit s'épandaient de grands cercles de silence qui recouvraient peu à peu les applaudissements.

» Camarades, écoutez ces applaudissements qui viennent du fond de la nuit.

» Ecoutez leur nombre, leur éloignement.

» Dans toutes ces salles combien sommes-nous, debout, serrés? vingt mille. Camarades, il y a plus de cent mille hommes dans les camps et les prisons d'Allemagne... »

Kassner ne retrouverait plus Anna; et pourtant, dans cette foule-là, il était avec elle. Le petit orateur chauve, un intellectuel d'après son vocabulaire, parlait sans autre geste que celui de tirer sa moustache tombante. Sans doute les délégués politiques devaient-ils parler les derniers.

» Nos ennemis dépensent des millions

pour leur propagande : il n'est pas inutile
de faire avec notre volonté ce qu'ils font
avec leur argent.

» Nous avons arraché la libération de
Dimitroff. Nous arracherons celle de nos
camarades emprisonnés. On tue rarement
pour le plaisir, et ces emprisonnements
ont un sens. Ils sont une tentative d'inti-
midation de toutes les forces qui s'oppo-
sent au gouvernement nazi;

» mais il se trouve que ce gouvernement compte avec l'opinion publique
étrangère. L'excès d'impopularité est nuisible aux armements et nuisible aux
emprunts.

» Il faut que notre divulgation cons-
tante, opiniâtre, sans relâche, fasse perdre
plus à Hitler qu'il ne gagne à maintenir
ce qu'il appelle la répression. »

Kassner pensait à son discours aux
ombres.

» C'est imprudent de juger Dimitroff à la face de tous, parce que ça oblige à le montrer. Et à l'acquitter. Le procureur de Cologne a tort de se réjouir : « La justice a retrouvé son glaive, et le bourreau repris sa hache comme au temps jadis »; les visages des militants inconnus qu'elle reflète, la hache les fait connaître à tous. Et, de Thaelmann à Torgler, de Ludwig Renn à Ossietsky, ceux-là jour après jour vont vers ce qu'il y eut de tous temps de plus grand en l'homme, avec la certitude de toute vie vers la mort... »

Bien au delà des paroles entendues, les visages rejoignaient les hommes des cachots. De même que Kassner avait vu le pilote prendre son masque enfantin d'homme empoigné par la mort, il voyait ceux de la foule se transformer, et devant cette multitude, absente de toute sa communion dans la volonté, il retrouvait les passions et les vérités qui ne sont données qu'aux hommes assemblés. C'était la même exaltation qu'à l'envol des escadrilles de guerre, lorsque l'avion fonçait pour le départ entre deux autres, pilotes et observateurs braqués vers le même combat. Et toute cette communion à la fois ahurie, grave et farouche où il commençait à se retrouver se mêlait à sa femme invisible.

» Camarades allemands, vous qui avez des frères ou des fils dans les camps de concentration, cette nuit même, en cette minute même, depuis cette salle jusqu'à l'Espagne et jusqu'au Pacifique, des foules semblables à la nôtre sont massées et la veillée s'étend d'un bout à l'autre du monde autour de leur solitude... »

C'était parce que cette foule faisait confiance au peuple enseveli des prisons d'Allemagne qu'elle avait choisi d'être ici, et non dans le plaisir ou dans le sommeil; elle était ici pour ce qu'elle savait et pour ce qu'elle ignorait, et c'était sa dure ferveur qui autour d'Anna invisible répondait enfin au corps assommé contre le mur, sous le discours où la douleur des hommes poussait intarissablement sa grande voix souterraine. Tous attendaient les mots d'ordre. Kassner s'était bien des fois demandé ce que valait la pensée en face de ses deux cadavres sibériens au sexe écrasé, des papillons autour du visage. Aucune parole humaine n'était aussi profonde que la cruauté, mais la fraternité virile la rejoignait jusqu'au plus profond du sang, jusqu'aux lieux interdits du cœur où sont accroupies la torture et la mort...

VIII

Il alluma une cigarette, la douzième depuis l'aérodrome, comme pour éclairer l'escalier, dans l'obscurité maintenant. La porte de son appartement était entr'ouverte. Il la poussa, entra. Personne dans le bureau, mais un bruit de voix dans la seconde pièce, bien qu'aucune lumière ne filtrât sous la porte. Les volets n'avaient pas été tirés. Il écoutait, un doigt sur le commutateur, cette voix qui semblait assourdie par la brume légère et clarifiée par les reflets de la rue dans l'obscurité du bureau où une tenture faisait une grande ombre pâle :

« Mon petit printemps, bouchonnet, poussin! Poussin? Je t'ai donné des magnifiques yeux, bleus qu'ils sont, et si ça ne te suffit pas je te donnerai des yeux du dimanche. Avec ceux-là, nous irons voir le pays des petits animaux. Où il y a des chiens et les oiseaux, tous en peluche vu leur jeune âge; et les poissons et les poissonnes, dont les lumières sont comme des chandelles de pissenlits. Mais bleues. Et nous verrons les chatons et les oursons. A petits pas. Tous les deux.

Comme si elle eût reçu un coup, sa voix changea, et douloureusement elle répéta :

» Tous les deux seulement...

L'enfant répondait par des petits cris. De l'autre côté de la porte, Anna était aussi dans l'ombre, et le cœur de Kassner s'emplissait peu à peu de cette maternité aveugle.

» Tu verras les poissons tristes qui vivent très loin dans la mer. Ils ont des lanternes pour s'éclairer. Et quand ils ont trop froid...

Elle cherchait.

— Ils se réfugient au pays des poissons à fourrures, dit Kassner à voix basse en poussant la porte.

Elle avait crispé ses mains sur le dossier de sa chaise et secouait nerveusement la tête comme pour nier à la fois l'arrivée de Kassner et l'existence des poissons à fourrures. Lui, souriait d'un sourire paralysé qu'il sentait tendre la peau de son visage comme une plaie qui se referme. La fenêtre projetait à la naissance du cou d'Anna une grande croix noire qui frémissait avec sa peau; et, sous la jupe, Kassner voyait les genoux frissonner comme des épaules. Elle se leva, sans pouvoir quitter des mains le dossier de sa

chaise à quoi elle semblait attachée. Elle
l'abandonna enfin, tendit la main vers le
commutateur, mais n'osa pas le toucher;
il sentit qu'elle avait peur de voir son
visage à la lumière. Les mots et les gestes
étaient absurdes et faux, dérisoires surtout, plus violents et moins profonds que
leurs sentiments — presque parodiques.
Seuls eussent convenu le silence et cette
immobilité commune plus forte qu'une
étreinte; mais ni l'un ni l'autre n'osa, et
ils s'embrassèrent.

— C'était... comment? demanda-t-elle
lorsqu'elle s'écarta de lui.

— Terrible, dit-il seulement.

Il caressait la tête de l'enfant, et sentit
la joue qui cherchait sa main. A peine
connaissait-il les traits du petit visage :
ce qu'il en savait par cœur c'étaient les
expressions, et l'enfant n'avait pas existé
pour lui avant son premier sourire,

l'avant-veille du départ. Il aimait l'espoir qu'il mettait dans cette vie, mais d'abord la confiance absolue, animale que l'enfant avait en lui : un jour qu'il lui frappait les doigts parce qu'il tirait les poils du chien, c'était dans ses bras que l'enfant s'était réfugié. Depuis la joue à peine endormie dans sa main jusqu'à ses rêves, l'enfant n'était que confiance, et pour lui seul Kassner était un monde de joie. « Hier, à cette heure... » Kassner doucement retira sa main, la passa devant ses yeux et distingua les cinq doigts dans l'obscurité claire. Sans doute l'ongle avait-il à peine poussé. Ils passèrent dans le bureau. Elle se retourna :

— Ils ont accepté la fausse identité, à la...

Il venait d'allumer. Elle avait reculé les épaules, d'instinct; mais non :

— J'avais si peur que... dit-elle.

Eclairé par la cigarette, il avait semblé

ravagé. En vérité, l'amaigrissement changeait peu son visage tout en os. Et elle
connaissait assez bien les lettres des femmes de prisonniers qui ne reconnaissaient
pas leur mari, de celles à qui on disait
« Apportez du linge propre » parce que
la vieille chemise était pourrie de sang
— pour « avoir eu peur ».

— Ils ont accepté la fausse identité?
demanda-t-elle pour la seconde fois.

Il sentait que ces questions revenaient
en sa présence comme elles étaient reve-
nues des jours et des jours dans la solitude
d'Anna.

— Non. C'est-à-dire, pas au début.
Ensuite, quelqu'un a déclaré qu'il était
Kassner.

Elle leva les yeux dans un silence si
précis qu'il put répondre :

— Non, je ne sais pas qui...

Elle s'assit sur le divan, près de la

fenêtre. Elle se taisait, et le regardait comme si une part de lui-même fût restée dans la mort avec celui qui s'était livré.

— Tué?

— Je ne sais pas...

— J'ai tant de choses à te dire, dit-elle; mais maintenant je ne peux pas encore. Il faut parler de n'importe quoi... pour que je me réhabitue à savoir que tu es avec moi...

Il savait qu'il devait la prendre dans ses bras en silence, que cela seul pouvait exprimer ce qui était entre eux et leur camarade mort, mais il ne s'accordait pas aux vieux gestes de la tendresse, et il n'en existe pas d'autres.

— Comment va-t-il? demanda Kassner indiquant de la tête la chambre où l'enfant s'était endormi.

Elle fit, de la tête aussi, un geste à la fois mélancolique et émerveillé; comme si tout ce qu'elle y mettait de rayonnant eût été vain, comme si le son de sa voix n'eût pu exprimer son amour pour l'enfant sans entraîner avec lui tout ce que son autre amour avait de douloureux.

Depuis cinq ans qu'ils vivaient ensemble, c'était la première fois que Kassner revenait d'aussi loin; mais il connaissait ces retours dans l'ombre d'un départ futur. Cette souffrance qui la collait contre lui, de tout le poids de ce regard qui se voulait d'accord, qui se voulait gai, cette souffrance qu'il lui causait, l'éloignait atrocement d'elle. Et qu'elle approuvât son départ, de l'esprit et du cœur, qu'elle militât dans la mesure où elle le pouvait, n'y changeait rien. Il se demandait parfois si, au plus secret d'elle-même, elle ne lui reprochait pas cette vie où quelque chose passait outre à sa douleur, à sa douleur qu'elle ne reconnaissait pas, qu'elle supportait avec humiliation et avec désespoir. Il n'ignorait pas combien il lui en voulait parfois lui-même de son propre amour.

— Quand l'avion est parti, il y avait au-dessous de nous des tourbillons de feuilles. La joie c'est toujours un peu comme ça, des feuilles légères et... bondissantes, à la surface...

Il y avait quelque chose de cruel à nier la joie au moment où elle souhaitait être la forme même de sa joie; mais elle avait deviné ce que ces paroles impliquaient de complicité avec sa douleur à elle, et rien de ce qui les réunissait ne la faisait souffrir :

— Si du moins j'étais ta joie... dit-elle.

Elle le sentit inquiet, et fit « non » de la tête avec une tristesse si délicatement adroite dans sa gaucherie même qu'il comprit une fois de plus combien l'homme est à jamais grossier devant la tendresse.

« Ma vie est ce qu'elle est. Je l'ai acceptée, et même... choisie... Je veux que tu gardes dans la tienne une toute petite place pour moi : mais je pensais à quelque chose et j'ai voulu dire que je souhaitais être ta joie davantage...

Le mari d'une de ses amies, revenu d'un camp de concentration, presque chaque nuit s'éveillait en criant : « Ne tapez pas ! » Kassner avait fermé les yeux, et Anna venait de penser qu'elle avait peur du sommeil.

« A certains moments, reprit-elle, j'ai l'impression que ce n'est pas la souffrance qui change, c'est l'espoir... »

Elle releva tristement vers lui ses yeux pâles entre ses longs cils noirs. Elle le regardait de bas en haut, le front plissé. Ce masque intelligent qui d'expression en

expression revenait à Kassner comme un
évanoui revient à la vie, il en connaissait
les quelques pauvres mouvements cachés
qui sont le secret des visages, il en connaissait les larmes, l'amour, la sensualité ;
et ces traits pouvaient être pour lui les
traits mêmes de la joie. Quelque humiliation qu'il eût connue au cachot, ces yeux-ci
n'eussent pu la connaître que pour la par-
tager. Tandis qu'elle continuait à parler,
la douleur et les rides peu à peu s'effa-
çaient de son visage :

« J'ai inventé tant de conversations
avec toi que j'ai toujours peur de la
seconde où je vais me réveiller. Je m'étais
pourtant promis que, ce jour-là, je ne te
dirais pas une seule chose triste. Il y a
plus de joie en moi que...

Elle ne trouva pas et sourit avec un
geste de la main, retrouvant pour la première fois son sourire ancien, le visage

éclairé par ses dents magnifiques. Elle dit enfin, amèrement pourtant :

« ... mais elle n'ose pas venir... comme si elle avait encore peur.

Elle n'avait pas osé dire cela encore; était-il trop tôt pour que revînt entre eux l'idée même du bonheur? La vie l'entourait comme son bras entourait ce corps, le reprenait lentement.

— Peut-être, dit-elle, que je pense à ce que je vais dire parce qu'aujourd'hui je ne pourrais pas penser autrement, mais ce n'est pas une raison pour que j'aie tort. Je ne suis pas toujours une femme très heureuse : je vis une vie difficile à vivre... Et pourtant rien au monde n'est plus fort, rien, que de savoir que cet enfant est là. Et qu'il est à moi. Je pense qu'il y a dans cette ville, je ne sais pas, cinq mille, dix mille enfants. Et des milliers de femmes que les douleurs vont prendre dans un moment (ça commence presque toujours vers une ou deux heures du matin) et qui attendent. Avec angoisse, oui, mais aussi avec autre chose. Auprès de quoi le mot joie n'a presque pas de sens. Ni aucun mot. Et depuis que le monde est monde, chaque nuit a été comme ça.

A sa voix, il devinait que la pudeur et, peut-être, une lointaine et superstitieuse inquiétude lui faisaient exprimer sa joie par les seules images que ses mois d'angoisse eussent laissées vivantes en elle. La voix de l'enfant s'éleva : il ne pleurait pas, il se racontait des histoires.

« Quand il est né, tu étais en Allemagne. Je me suis réveillée, je l'ai regardé, tout rabougri dans le berceau, j'ai pensé que sa vie serait ce qu'est la vie et j'ai pleuré comme un petit veau sur lui et sur moi... Comme j'étais très faible les larmes ne cessaient pas de couler et pourtant dès

ce moment-là je savais qu'il y avait quelque chose pour moi qui était au delà du
chagrin...

— Les hommes n'ont pas d'enfants.

Il ne quittait pas du regard ce visage
qu'il avait cru mort.

« Et pourtant, au cachot, vois-tu bien,
ils ont grand besoin que quelque chose
existe, qui vive à la même profondeur que
la douleur... La joie n'a pas de langage.

— Pour moi, la joie, c'était la musique...

— Maintenant, j'ai horreur de la
musique.

Elle allait demander pourquoi, et, d'instinct, ne le fit pas. Il sentait qu'elle l'écoutait autant avec son corps qu'avec son
esprit, qu'elle l'écoutait en mère, et le
comprenait mieux qu'il ne parlait. Il pensait confusément que l'homme était par-
venu à être l'homme, malgré les cachots,

malgré la cruauté, et que seule sans doute
la dignité pouvait être opposée à la douleur... Mais il avait envie de regarder
Anna, et non de penser. On frappa soudain à une porte voisine. Kassner entendit
une fois de plus les coups de la prison :
mais elle avait sursauté plus que lui :

— J'ai cru que c'était toi qui arrivais!

Une porte s'ouvrait dans un bruit de
voix cordiales, une porte de la terre sur
des voix humaines...

— Je voudrais écrire de nouveau, dit-
il. Dans le cachot, j'ai essayé de me servir
de la musique, pour... me défendre. Des
heures. Ça donnait des images, des images,
naturellement — et, par hasard, une
phrase, une seule, l'appel des caravaniers:
« Et si cette nuit est une nuit du destin...

Elle lui prit la main, la porta contre sa
tempe, à l'envers; et, caressant contre elle
son visage :

— ... bénédiction sur elle jusqu'à l'apparition de l'aurore... » murmura-t-elle.

Elle avait détourné son regard vers la nuit, son profil dépassant à peine la main qu'elle conservait sous la sienne. Il avait plu, et sur le pavé mouillé une auto passa, avec le bruit du vent dans les feuilles. Dans le cadre de la fenêtre l'œil d'Anna, à demi caché par la main, semblait regarder le coin de deux rues désertes. Kassner savait que pour toute sa vie cette maison d'angle entrait en lui.

Anna dit à voix basse :

— Même ton prochain départ, je veux... moins mal que tu ne crois...

Elle avait voulu dire : l'accepter. La maison avait six fenêtres, trois de chaque côté, — et deux lucarnes; toutes étaient dans l'ombre, plus claires pourtant que le ciel à cause de quelque reflet sur le verre encore luisant de pluie, et la nuit

tout entière se détendait comme s'étaient
détendus les bras d'Anna tout à l'heure.
Un des instants qui font croire aux hommes qu'un dieu vient de naître baignait
cette maison dont un gamin sortit pour
se perdre dans l'ombre, et il semblait à
Kassner, qu'englué de tout le sang qu'il
venait de traverser, le sens du monde naissait, et que la vie la plus secrète des choses
allait être accomplie. Il ferma les yeux :
le toucher pénétrait plus loin que tous les
sens, plus loin que la pensée même, et la
tempe d'Anna contre ses doigts s'accordait
seule à l'apaisement de la terre. Il se revit
courant dans la cellule — un, deux, trois,
quatre... — pour savoir si elle était vivante.
Il rouvrit aussitôt les yeux et il lui sembla
qu'il empoignait leur éternité, leur éternité faite de ses emprisonnés d'hier, de
la joue confiante de l'enfant, de la foule
accrochée à ses torturés, du visage du pilote

dans l'ouragan, de celui qui s'était donné
pour lui, même de son prochain retour en
Allemagne, l'éternité des vivants et non
l'éternité des morts; elle entraînait tout
avec elle, et, rejoignant à travers le batte-
ment de son sang la seule chose en
l'homme qui fût plus grande que l'homme,
le don viril, elle battait à grands coups
sur la rue de nouveau déserte et où le vent
commençait à se lever. Dans tous ses actes
il en resterait ce qu'il restait en lui du
sang des siens, et le jour où il serait tué
en Allemagne on tuerait avec lui cet ins-
tant-là. Il lui fut soudain insupportable
de demeurer immobile :

— J'ai envie de marcher, de sortir avec
toi, n'importe où.

— Il faut que j'aille chercher quelqu'un pour garder le petit.

Elle sortit. Il éteignit, laissa entrer la
nuit terrestre, regarda une fois de plus

les deux rues toujours désertes qu'un chat traversa très vite, sans bondir, tricotant des pattes comme une souris.

Ils allaient maintenant parler, se souvenir, raconter... Tout cela allait devenir la vie de chaque jour, un escalier descendu côte à côte, des pas dans la rue, sous le ciel semblable depuis que meurent ou vainquent des volontés humaines.

Imprimé en France